AF295406

En los pies de un emigrante.

FSC
www.fsc.org
MIXTO
Papel procedente de
fuentes responsables
Paper from
responsible sources
FSC® C105338

En los pies de un Emigrante

Gastón Maceira

Impresión y editorial: BoD – Books on Demand
info@bod.com.es - www. bod.com.es

Impreso en Alemania – Printed in Germany

ISBN: 978-8-4137-3472-9

El camino...

Una decisión, ¡ahora o nunca!

"Vive una vida que puedas recordar"

Avicii

Esta historia puede tener múltiples inicios. A veces es difícil encontrar la causa de nuestras decisiones, la mayoría de las veces no hay una causa única. Es por eso que podría comenzar esta historia hablando de Thomas Coke, el proyecto musical que tenemos con Nicolás, mi hermano; o de la empresa que abrimos con esfuerzo y cerramos con dolor; o quizás podría hablar de mi nacimiento, mi vida y mi familia; pero no, decidí empezar esta historia con un asado. Un asado que ocurrió justo dos años antes de abandonar nuestras tierras, por el año 2017 cuando nos juntamos con Nicolás y mi primo Franco; ya cansados de la rutina, de la inseguridad que estaba atravesando nuestro país, del empleo de siempre y también con muchas ganas de conocer otros lugares; comenzamos a plantearnos la posibilidad de partir a un nuevo sitio. A lo largo de la conversación hubo un destino que no dejó de ser nombrado, este era nada más y nada menos que Barcelona. Nicolás ya había viajado allí por el año 2016 y desde ese entonces estaba fascinado con ese lugar, con la esperanza de algún día poder mudarse allí; y fue así que en aquel asado, en aquella reunión, comenzábamos a tomar una de las decisiones que tiempo más tarde nos cambiarían la vida...

Luego de estas líneas es momento de contarles un poco sobre mí, me llamo Gastón, nací el 19 de septiembre de 1991 en Montevideo, Uruguay, en donde vivía hasta hace casi tres años. Actualmente tengo 29 años y este es un breve relato de mi experiencia como emigrante, desde el momento en que decidimos con Nicolás y Franco embarcarnos en una nueva aventura, de dejar atrás nuestras tierras, amigos y familia, para buscar un mejor futuro en otro país, y junto a Nicolás cumplir nuestro sueño vinculado a la música.

Para ello, les quiero contar brevemente como me incursioné en el mundo de la música; es necesario remontarnos casi 22 años atrás, cuando tan solo era un niño de unos 7 años y mi amor por este arte comenzaba a crecer, sabía que "de grande", como solemos decir cuando somos chicos, quería ser músico; pero las condiciones económicas de la familia en aquel entonces no me favorecían a que pudiera iniciarme en el mundo de la música.

Pasaron algunos años hasta que un día por la tarde, mi padre llegó a casa con un paquete completamente envuelto en una bolsa negra que delataba una guitarra; en ese entonces solo podíamos acceder a una de segunda mano. Rompí la bolsa y a pesar de que ya imaginaba una guitarra, al verla me invadió la felicidad. Había recibido mi primer instrumento, que al día de hoy aún conservo.

Casi 6 años después esa misma guitarra también fue el primer instrumento de El Chola, un gran amigo que más adelante seguiré nombrando. A diferencia mía, él estaba aprendiendo bajo, de hecho, es uno de los mejores bajistas que he escuchado.

Después de recibir la guitarra se despertó en mí una gran pasión por interpretar música. Por aquel entonces las clases de guitarra eran inaccesibles, así que mi padre invitó a un compañero de trabajo a casa a que me enseñara lo básico para poder comenzar, y así fue mi primera clase. Le agradecimos el favor compartiendo con él unos refuerzos y algo para tomar. Tiempo más tarde aprendí sobre acordes y escalas con el dueño del cibercafé al que solíamos ir. A principios de los años 2000 era muy común encontrar un cibercafé en cada esquina, años más tarde se convertirían en nuestros sitios de reunión.

El Chola, que había aprendido sorprendentemente rápido, compartió conmigo mucho de su aprendizaje, y sumando a todo lo que yo iba aprendiendo me permitió vincularme con muy buenos músicos de los que aprendí un montón. El resto de mi crecimiento musical avanzó de la misma forma, estudiando por mi cuenta y absorbiendo lo mejor de aquellos que me rodeaban.

Ya en la adolescencia mi círculo de amigos músicos se expandió, permitiéndome conocer y tocar diversos géneros de música como rock, ska, reggae y otros. De a poco también comencé a vincularme con diferentes instrumentos como el bajo y la batería. Es genial cuando comenzás a introducirte en un mundo nuevo, en mi caso la música, pero pasa con el deporte, la informática, entre otros tantos; te llevan a conocer muchísimas personas y aprender un montón de cosas nuevas, porque cada uno desde su punto de vista te va explicando y compartiendo sus conocimientos, y creo que es una de las mejores maneras de aprender.

Años más tarde mi hermano comenzó hablarme sobre un programa informático para componer música. Al principio no le presté mucha atención, pero luego de ver la película sobre Avicii tras su fallecimiento, se despertó nuevamente en mí un interés que desconocía. Ese mismo día instalamos aquel programa y empezamos nuestro actual proyecto musical: Thomas Coke. Donde producimos nuestra propia música del género de la electrónica fusionada con el sonido de instrumentos reales.

Todo esto sucedió gracias a la enorme ayuda que recibimos de nuestros amigos, tanto los que nos fueron explicando de producción, como los que colaboraron cantando o grabando instrumentos.

Desde algunos años atrás ya pinchábamos música en vivo como DJ, abarcando varios tipos de géneros en diversos eventos, desde despedidas de facultad y fiestas de cumpleaños hasta fiestas de navidad y año nuevo. Siempre buscábamos la mayor conexión con nuestro público, haciendo sonar temas acordes al tipo de evento y público, y así lograr que todos en la fiesta viviéramos un increíble momento.

El tiempo transcurrió y no se volvió hablar del tema, hasta que un año más tarde, por enero del 2018, nos enteramos que Juan, un amigo en común de los tres, en pocos meses se iría de viaje, pero no de paseo, ni tampoco por trabajo; se mudaría a aquel destino que tanto habíamos hablado, a Barcelona.

En abril de ese mismo año llegó el momento de despedir a Juan. Dicha despedida convocó a todo nuestro grupo de amigos en el Aeropuerto de Carrasco, más que amigos, debería llamarlos hermanos que la vida me dio; que en las siguientes páginas me referiré a ellos como Los Muchachos. Allí, fue imposible no sentir nostalgia ni ponernos nosotros mismos en el lugar de Juan, así fue que nuestra idea de emigrar a Barcelona siguió creciendo.

Ese mismo día, nuestra idea de irnos se solidificó, ya estábamos seguros... nos iríamos a Barcelona. Agarramos el celular para comunicarles a nuestros padres sobre nuestra decisión, tomamos aire, marcamos sus números y esperamos. Comenzó la llamada y no sabíamos cómo decirles que en algunos meses nos marcharíamos, no solo a otro país, sino al otro lado del Océano Atlántico, a 11 mil kilómetros de nuestra casa... La conversación fue transcurriendo hasta que de repente sin más preámbulo lo dijimos, se escuchó un silencio que duró unos segundos, pero luego comenzaron sus palabras de apoyo, eso nos transmitió una enorme tranquilidad y confianza de que ellos estarían allí para ayudarnos y darnos para delante. Fue en ese momento cuando todo comenzó.

Pero aquello no era tan sencillo, había que conseguir los documentos necesarios para viajar, resolver de la mejor manera como dejar atrás nuestros trabajos y responsabilidades.

En ese entonces con mi hermano teníamos una pequeña empresa de distribución, la que habíamos iniciado unos años antes, y que no era tan fácil dejar atrás como si nada. Atreverse a abrir nuestra propia empresa requirió valor y confianza, el hecho de dejar de ser empleados para convertirnos en nuestros propios jefes nos trajo más responsabilidades, que sumadas a las tareas que ya realizábamos como empleados, nos demandó más tiempo para que todo funcionase correctamente. Por mi parte, contaba con experiencia en el rubro de la distribución, había realizado tareas tan diversas que iban desde administración y logística, hasta limpiar y manejar el camión. Por otro lado, Nicolás contaba con mucha experiencia en el área de ventas. Así es que juntos formábamos un buen equipo.

Por lo general uno suele ir a trabajar, hacer su horario y olvidarse, pero cuando se trata de tu empresa, tu horario pasa a ser 24/7, no importa que termines la jornada, no importa que sea tu día libre o que te vayas de vacaciones, siempre estás pensando cómo superarte, cómo seguir creciendo, buscando herramientas para mejorar constantemente. Hacer todo el esfuerzo de crear tu negocio, verlo crecer, generar una enorme confianza entre clientes y proveedores, fue algo bastante complicado de lograr; y realmente no fue para nada fácil desprenderse de todo eso, mucho menos poder dejarlo atrás como si nada. Teníamos un aprecio muy grande por ese emprendimiento que habíamos construido, pero era momento de dar un paso al costado si nos queríamos aventurar a un viaje para siempre y seguir mejorando nuestro nuevo proyecto musical, Thomas Coke.

Se decía que en Europa estaban las mayores fiestas del género y queríamos llegar a eso, algo que iré contando a lo largo del libro.

Los trámites para cerrar la empresa no se solucionaban de un día para el otro, y resolver quién atendería a toda la cartera de clientes para que no quedaran sin proveedor no fue nada fácil. Teníamos que buscar entre todos nuestros compañeros y proveedores quien pudiera cubrir las necesidades de nuestros clientes; ya que nuestra intención no era vender la cartera de clientes, sino buscar la manera de que siguieran siendo atendidos de la mejor forma y que cada uno de ellos tuviera los proveedores indicados. Luego de tantos años trabajando juntos, nuestros clientes se transformaron en amigos, y queríamos respetar la confianza que ellos habían depositado en nosotros cubriendo sus futuras necesidades de la mejor forma posible; ya que fueron ellos y sus recomendaciones lo que nos hicieron crecer. Al despedirnos, muchos de ellos nos ofrecieron ponernos en contacto con sus familiares viviendo en Barcelona en caso que los necesitáramos.

Como me había enseñado El Chola, cuando solo teníamos 14 años, con una frase que me marcó para siempre:

A todo esto, aún me faltaba iniciar el trámite de mi ciudadanía italiana, que podía obtener por herencia sanguínea, ya que tuve familiares en Italia, un país de la comunidad europea que me permitía residir en España. El trámite era lento y difícil por lo que tuvimos que poner como fecha de salida a los primeros meses del 2019. Solo se podían conseguir turnos por internet, había que pasar horas y horas frente a la computadora para poder solicitar la cita, y así fue que comenzó la dura lucha por conseguir el turno y poder presentar toda la documentación necesaria. Recuerdo que pasaba todos los martes y domingos a las veinte horas de Uruguay, que era la medianoche en Italia, para conseguir la cita, esa era la hora donde lanzaban una cierta cantidad de cupos que se agotaban enseguida. Parecía que conseguir ese turno era algo imposible, habían transcurrido tres meses y seguíamos sin poder reservar la cita.

Una noche de julio, sobre las veinte horas, una de las fechas figuraba en color verde, significando que estaba habilitada para reservar la cita; la adrenalina comenzó a correr por mi cuerpo, las manos me comenzaron a transpirar. Tenía que realizar cinco pasos más para obtener la cita y debía ser más rápido que una gran cantidad de personas que alrededor del mundo estaban pasando por lo mismo. Así pasaron los dos minutos y medios más largos de mi vida, la página cargaba y cargaba… y cada clic demoraba una eternidad. Finalmente apareció en la pantalla la dichosa confirmación de que la cita había sido agendada, en tres meses podría presentar los documentos y terminar el trámite.

Pasaron un par de meses y llegó septiembre, el mes de mi cumpleaños. Era costumbre juntarse con Los Muchachos para celebrar todos nuestros cumpleaños y pasar largas jornadas compartiendo anécdotas, música, muchas horas de risas y hasta bailes con las sillas al hombro; les parecerá una locura pero es cierto, nos poníamos las sillas encima del hombro y bailábamos. Este baile tradicional de Los Muchachos fue realizado por primera vez en una fiesta de Halloween, lo que sorprendió al resto de los invitados que comenzaron a filmarnos, pero pocos minutos después todos en la fiesta bailaban con las sillas al hombro siguiendo nuestros pasos.

Volviendo a mi cumpleaños con Los Muchachos, teníamos que decirles que nuestras vidas cambiarían, que nos iríamos del país. Juntamos valor, los reunimos en la mesa, tragamos saliva y lo dijimos… Parecía un alivio haber podido comentarlo, pero al mismo tiempo sabíamos que ya no sería lo mismo, que luego del día que subiéramos a ese avión ya no los volveríamos a ver por muchos meses, o quizás, algunos años. Pero lo importante fue su respuesta de un apoyo enorme y que un mes más tarde nos sorprenderían con una gran noticia, ellos también viajarían junto a nosotros y nos acompañarían durante las primeras semanas en esta experiencia. Teníamos que admitir que para nosotros fue algo increíble saber que contaríamos con ellos en nuestros primeros días.

Llegó uno de los días más importante para Thomas Coke, un día que nos marcó un antes y un después en nuestro proyecto. Un 11 de octubre del 2018 sacamos nuestro primer sencillo, *"I left, I came back"*. Esta primera canción totalmente instrumental, no solo fue nuestra primer canción, sino que con ella aprendimos muchísimo. Gino, uno de Los Muchachos, nos enseñó gran cantidad de cosas que fuimos aplicando para ir mejorando. Con esta canción tuvimos algunas charlas con Frenando Picon, un DJ referente de Uruguay que nos aconsejó y ayudó a crecer un montón.

Fueron pasando los meses y todo parecía estar a nuestro favor, finalmente había conseguido la ciudadanía, pudimos cerrar nuestra pequeña empresa, y lo más importante es que dejamos a todos nuestros clientes con nuevos proveedores. Pero no todo era color de rosa para nosotros, nuestro primo Franco seguía sin poder conseguir la cita en la página de la embajada de Italia para poder tramitar su ciudadanía, lo que postergó su salida de Uruguay un año más.

Con diciembre llegó otro de los momentos complicados. El instante donde cruzamos la puerta de la compañía aérea para comprar los pasajes, fue un momento de sensaciones encontradas. Por un lado la felicidad por la aventura que se aproximaba, pero por otro, una gran tristeza por dejar todo atrás. Entre risas y lágrimas confirmamos la fecha, saldríamos un 14 de marzo de 2019.

Hasta ese momento solo sabían nuestros padres y algunos amigos que muy pronto nos marcharíamos; ya a dos meses y con los pasajes en mano, juntamos coraje para comunicarles la noticia a todos nuestros familiares y amigos. Así comenzaron las despedidas. Despedidas donde uno estaba algo bajoneado porque se iba, pero enormemente feliz por la cantidad de energía positiva por parte de todos, que nos brindaban su gran apoyo y confianza.

Un 8 de febrero del 2019 lanzamos nuestra segunda canción, una canción que involucró aún más amigos: *"The Days"*. Por un lado participó Martín grabando las voces, dándole un toque muy especial de canto lírico a una canción de electrónica. Por otro lado, las guitarras fueron grabadas por dos grandes guitarristas como Hernán y Fede; que junto a los sintetizadores, dieron como resultado una de nuestras canciones favoritas. Nuevamente, Gino nos ayudó con el sonido. Fue todo un trabajo en equipo, y con ese gran esfuerzo obtuvimos nuestra segunda canción. Thomas Coke comenzaba a parecerse a nuestro mayor referente, Avicii.

Llegó el día de partir... Llegó el 14 de marzo del 2019…

6 horas antes del despegue...

La ansiedad, las ganas de salir, el insomnio, todo jugó un rol importantísimo. Los nervios por lo que se aproximaba eran enormes, casi que ni dormimos, pero sobre las ocho de la mañana, nos preparamos para despedirnos de la abuela, una de las personas de las que dolió más despedirse.

4 horas antes del despegue...

Nos encontrábamos ya instalados en el aeropuerto desayunando con mi hermano y mis padres, aún sin asimilar que nos iríamos. Parecía algo sencillo el día que vimos a Juan irse, pero siendo nosotros mismos, ya no era tan fácil. Nuestros amigos y familiares comenzaron a llegar de apoco, y las despedidas parecían de nunca acabar. Un tío nos trajo un sorprendente regalo y un muy lindo recuerdo, se trataba de una carta muy emotiva que al leerla en ese momento nos hizo caer un gran lagrimón, el primero en caer de esta larga aventura. La carta terminaba con la frase:

"...Y si algún día tienen una gran necesidad de volver; ¡Vuelvan tranquilamente! ¡Los vamos a recibir con los brazos abiertos! ¡Los queremos mucho!"

Fue algo que realmente no esperábamos y que nuevamente nos demostró la gran confianza que tenían en nosotros. Junto a la carta, un recetario de cocina, ya que mi hermano siente gran pasión por ella; y para que siempre recordáramos el aroma y sabor de la cocina artesanal como la de nuestro hogar.

3 horas antes del despegue...

Llegaron Los Muchachos, quienes arrancarían el vuelo con nosotros. Ahí la cosa cambió, la despedida ya no era tan dura, un grupo de amigos se embarcarían con nosotros. Hasta el momento habían llegado Andrés, Gino y Fede, aún faltaba El Chola.

Era común en El Chola llegar tarde, recuerdo que en el 2017 hicimos un asado con Los Muchachos para despedir el año y él era el encargado de traer la carne, nos habíamos juntado antes de la hora de almorzar para preparar todo. Ya teníamos el fuego pronto, solo faltaba El Chola y la carne, el único detalle es que llegó cuatro horas más tarde... A pesar del atrasado hicimos el asado y pasamos tremendo día.

Volviendo al momento del aeropuerto, nos sorprendió que habiendo un vuelo programado aún no llegara, no pensamos que un día tan importante como ese llegara tarde, pero es parte de él y es algo que llevó a esta experiencia al límite. Pasaban los minutos y seguíamos sin noticias de él, de hecho no respondía llamadas ni mensajes.

30 minutos para el despegue…

Nos preparamos todos para cruzar la zona de embarque, ya resignados de que El Chola no llegaría… Pero de repente, se abrieron las puertas del aeropuerto y lo vimos entrar con una sonrisa de oreja a oreja y su frase típica: *"¿y gurise'?"*. Con una felicidad enorme y prácticamente corriendo, fue hasta el mostrador y despachó su valija.

Cruzar la puerta fue emocionalmente difícil, nuevamente la despedida final iba a ser durísima, el último abrazo con tus seres queridos y el último abrazo con tus padres, ese abrazo que uno no quiere soltar.

Cruzamos la puerta, nos miramos y nos dimos un abrazo entre todos Los Muchachos, estábamos preparados para comenzar esta aventura.

Aterrizando en Barcelona

"Hay que tomarse un tiempo pa' comprender que solamente sos lo que sos, de ahí a todo lo que tú quieras ser, eso ya depende de vos"

La Vela Puerca

Luego de un viaje de muchas risas y anécdotas épicas en el avión, aterrizamos en Barcelona. A la hora de recoger nuestro equipaje, volvimos a tener un contratiempo con El Chola... su valija estaba desaparecida, todos teníamos nuestro equipaje pero él seguía en la espera del suyo. Al cabo de una larga hora la cinta volvió a girar y su equipaje apareció. Finalmente pudimos salir del aeropuerto y comenzar nuestro nuevo camino.

Juan nos esperaba en el aeropuerto para recibirnos y volver a vernos después de tanto tiempo. Pero se llevaría una gran sorpresa, él sabía que llegaríamos con mi hermano, pero jamás le contamos que viajaríamos con Los Muchachos; algo que fue una gran alegría para todos, el hecho de volver a juntarnos nuevamente. Juntos nos fuimos a su casa, donde nos quedamos los primeros meses. Al llegar dejamos nuestros equipajes y nos fuimos a celebrar el reencuentro de Los Muchachos. Esa primera semana nunca se nos va a borrar de la cabeza, éramos siete amigos de toda la vida a 11.000 kilómetros de nuestras casas, paseando por Barcelona, ¡una experiencia increíble!

El primer día paseamos por los alrededores y acompañamos a Los Muchachos a su hostal, detrás del Camp Nou. Había sido un viaje largo y queríamos recuperar energías para comenzar al día siguiente bien temprano y conocer la ciudad. Recuerdo al otro día bajar del tren en plaza Cataluña y quedar asombrado con esa plaza y la arquitectura que la rodeaba.

Bajamos por las ramblas hasta encontrarnos con el monumento a Colón, que se encuentra ubicado frente al viejo puerto de Barcelona. Continuamos nuestro recorrido por el paseo de Colon hasta llegar a la Barceloneta. Donde pasamos un rato apreciando el paisaje. A la tarde subimos hasta la Sagrada Familia y allí quedamos horas maravillados de la asombrosa arquitectura. Donde se combinan estilos minimalistas y modernistas con el popular estilo naturalista de Gaudí.

Terminamos el día de la mejor manera: en un pub compartiendo una cerveza y brindando por esta experiencia. No hubo un día que no visitáramos nuevos lugares, pero al cabo de una semana Los Muchachos debían continuar con el viaje que tenían planificado. Fue en ese momento que nos despedimos; y desde entonces, entre la pandemia y otras dificultades, la vida no nos ha vuelto a juntar.

Entre caminatas y caminatas encontramos tiendas de música, donde habían mayor variedad de cosas que en Uruguay. Nos encontrábamos en una situación donde necesitábamos grabar las voces para nuestra próxima canción, *"Departure"*, y no teníamos los equipos necesarios. Aprovechamos la oportunidad para hacer la primera inversión en nuestro proyecto fuera de Uruguay. Pasamos horas probando auriculares y micrófonos hasta que finalmente conseguimos un par de auriculares, el micro y algunos accesorios más.

Con las nuevas herramientas ya podíamos grabar voces e instrumentos, eran pequeños mejoras, pero que para nosotros fueron cambios enormes. Antes de salir de Uruguay habíamos grabado las voces de Nicolás para *"Departure"* con ayuda de Gino. Al no ser cantante ni tener dominio completo de inglés, encontramos pequeños errores de pronunciación y afinación al comenzar la mezcla, si bien él lo había dado todo. Teniendo las nuevas herramientas volvimos a grabar, pero las condiciones de trabajo aún no eran ideales, nuestra habitación tenía mucho eco y no podíamos pagar un estudio. Así que de una forma muy graciosa improvisamos una cámara aislada de los rebotes, abriendo las puertas del armario y rodeando todo de toallas. En ese ropero se grabaron las voces de *"Departure"*, nuestra tercer canción.

Viviendo en una ciudad tan distinta y lejana a la nuestra, comenzamos a sentir interés hacia actividades también distintas y alejadas de lo que estábamos acostumbrados. Algo que muy pocas veces habíamos hecho en Uruguay era andar en bicicleta, y aquí, la ciudad cuenta con una red de ciclovías tan fluida y articulada que se despertó en nosotros la necesidad de explorarlas.

Es interesante como al emigrar a otro país, uno se encuentra con amigos y familiares en común dispuestos a dar una mano. Fue de esta forma que conseguí mi bicicleta. Una compañera de trabajo de mi madre había estado de visita en Barcelona y al volver a Uruguay dejó su bici, al enterarse que nosotros estábamos acá nos la regaló. Para poder pasear juntos, Nicolás se compró su propia bicicleta, una BMX de segunda mano.

Teníamos las bicicletas pero aún no sabíamos dónde ir, a Nicolás se le ocurrió buscar en el mapa y así fue que conocimos Castelldefels. Ubicado a 22 km de Sant Feliu, Castelldefels es una ciudad de veraneo, con vistas a las montañas y una gran playa; lo que en Uruguay llamaríamos balneario.

Demoramos casi dos horas y media en llegar, a decir verdad no estábamos tan acostumbrados a pedalear tanto tiempo. Nos sentamos en un chiringuito (así le llaman a los pequeños restaurantes en la playa), pedimos algo para picar y un par de cervezas. Estábamos súper contentos de haber llegado y de la cantidad de lugares lindos que vimos en el camino, pero a la hora del regreso la cosa cambió un poco, el dolor iba desde los dedos de los pies hasta la espalda, así que tuvimos que volver en tren. Por mi parte no volví a subirme a la bicicleta hasta casi un mes después, pero fue una experiencia inolvidable.

No podíamos olvidar que nuestra estancia en Barcelona no era solo de vacaciones, así que una semana después de llegar comenzamos a trabajar en un restaurante. Nicolás había estudiado gastronomía y sentía gran amor hacia la cocina, así que para él fue una experiencia enriquecedora. Por mi parte, al sentir gran pasión hacia la parrilla y los hornos a leña, comencé frente al fuego. Si bien me gustaba mucho trabajar tanto con las pizzas como en la parrilla, una cosa es hacerlo como hobby y otra muy distinta es trabajando. En poco tiempo tuve que desarrollar varias habilidades y bastante la velocidad para trabajar, ya que se me comenzaban a acumular los pedidos y no daba con todo. Para ello fue clave la paciencia y ayuda de una persona muy importante en esta historia: Mario.

Este restaurante no fue solo un trabajo, gracias a este lugar también conocimos enormes personas muy importantes para nosotros, y nos permitió instalarnos en Barcelona. Con respecto a lo laboral, teníamos muchísimas diferencias que poco a poco iban deteriorando nuestra relación con la gente a cargo del restaurante. Así que meses más tarde, para evitar problemas mayores, tomamos la difícil decisión de dar un paso al costado, marchándonos del restaurante y dejando la casa de Juan.

Los tres meses que trabajamos en el restaurante, lo hicimos hombro a hombro con nuestro amigo Mario. Durante todo ese tiempo nos conocimos bastante, compartimos tardes de mates y noches de bares.

La primera gran demostración de confianza fue cuando nos llevó a su casa a comer milanesas caceras y conocer su familia. Conocimos a Noe, su mujer, y a sus hijos Camila y Lautaro. Podría afirmar que Noe es la persona con la que más rápidamente adquirimos confianza, su personalidad amistosa y su capacidad de romper el hielo nos transformó instantáneamente en amigos. En pocas semanas nos adoptaron como parte de su familia y nos abrieron las puertas de su casa.

Un lunes de abril en un asado conocimos a Adrián, el hermano de Noe, cuya habilidad y experiencia para la cocina solo es comparable con su gran sentido del humor. Luego de conocernos, perdí la cuenta de los asados y las horas de truco que hemos compartido. Mario también nos presentó a Lucas, otro gran amigo, y a su familia. Increíblemente ellos al igual que nosotros, son de Uruguay, de un balneario llamado Atlántida.

Con Mario no solo compartimos la relación laboral, sino que además algo mucho más grande. Él también es de Uruguay, de un pueblo llamado Juan Lacaze, y había hecho lo mismo que nosotros quince años atrás. En un principio se vino solo, como suele pasar con la mayoría de emigrantes, que al principio se separan de su familia para buscar un futuro mejor en otro país y poder encontrar estabilidad, y así un tiempo más tarde poder recibir a su familia. En su caso, él pudo traer a su familia casi un año después.

Ellos nos recibieron cuando nos fuimos de la casa de Juan. Fue súper importante para nosotros sentirnos recibidos de esa forma. Que una persona que nos conocía solamente desde hacía dos meses nos ofreciera su casa, y nos depositara ese voto de confianza significó muchísimo para nosotros. Hoy en día, invitar a dos desconocidos a tu casa no es frecuente, pero él había pasado por lo mismo que nosotros y nos entendía, tuvo una actitud con nosotros por la que siempre le estaremos agradecidos.

Recuerdo que el último día de trabajo en el restaurante, un domingo 16 de junio, había un partido de Uruguay sobre la media noche. Tanto Mario como la familia se juntaban en la casa de Adrián.

Ese día teníamos el turno de la noche, pero pudimos salir un poco antes y así llegar a la casa de Adrián. Estábamos lejos, pero Mario nos prestó su auto, así que salimos y fuimos directo a la casa de Adrián. Ese partido ocurrió en el momento justo, fue como un antes y un después, luego de ese día, ya no trabajaríamos más en aquel restaurante, y para mayor alegría ese partido lo ganó Uruguay 4 a 0. ¡Uruguay noma'!

Es realmente mágico estar tan lejos de tu hogar y conocer personas que te contengan de esa manera. Los primeros tiempos lejos de casa son bastante duros, pero este tipo de personas son las que ayudan muchísimo a llevarlo adelante y que sea más fácil.

Con ellos conocimos la increíble Verbena de San Juan, una fiesta que se celebra en junio, en pleno verano de este lado del mundo, lo festejan como en Latinoamérica celebramos año nuevo. Pasamos la noche de fiesta en la playa de Castelldefels, bailando música en vivo, observando magníficos fuegos artificiales y compartiendo buenos tragos hasta altas horas de la madrugada. Esa noche nos dejó una frase imborrable que se convertiría en un chiste interno: *"Mira como vengo"*. Además de festejar cada cumpleaños, junto a ellos también compartimos nuestra primer navidad lejos de casa, en una noche de disfraces.

En ese empleo también conocimos a otro amigo, Albert, con el que compartimos muchísimas charlas y noches de bares. Un día me dijo una frase que me quedó grabada en la memoria y que ahora me parece totalmente verdadera. Por lo general, él no hablaba mucho de su profesión ni de su vida privada, yo solo lo conocía de trabajar en el restaurante los fines de semana y a veces lo veía cargando leña. Sabía que él trabajaba mucho todos los días, así que un día le pregunté porque él nunca hablaba de sus otros emprendimientos, o simplemente porque solo se presentaba como camarero, a lo que me respondió:

"Gastón, cuando conoces a alguien no debes contar lo que tienes o haces, simplemente debes ser vos mismo. Si a esa persona le interesa conocerte por tu forma de pensar, valores y principios, solo así puedes abrirte y contarle sobre tí. Porque te va a pasar muchas veces en la vida que algunas personas solo van a acercarse a tí por lo que tienes y no por lo que realmente eres"

Ahora me gustaría contarles porque comencé a escribir este libro. Para ello tengo que mencionar a Macarena y Germán, una pareja de amigos uruguayos que vive en Girona a unos 100 kilómetros de Barcelona. Habíamos conocido a Macarena por el año 2013, ella pertenece a un grupo de amigos que nos hacemos llamar La Familia. Macarena y Germán se conocieron en Uruguay y las vueltas de la vida los trajo a Girona, Cataluña, un año antes que a nosotros, por lo que al juntarnos, nos trasmitieron sus emociones de como vivieron los primeros meses lejos de su hogar. Tuvimos el placer de conocer a Germán cuando nos recibieron en su casa. Germán es un emprendedor que busca reinventarse continuamente, actualmente ya tiene su propio emprendimiento, una aplicación online de fitness, y recientemente publicó su propio libro: *"Que pasa en mi mente"*.

Así fue como yo me sentí inspirado para escribir este libro.

Para cerrar este capítulo dejo un pequeño post que realicé el 26 de mayo del 2019, a dos meses de haber llegado:

"Constantemente nos encontramos tomando decisiones con la enorme duda de si será la correcta o no, sin entender que toda decisión que tomamos siempre es correcta. Si acertamos nos sentimos bien con nosotros mismos, y si no acertamos nos sentimos que fracasamos, sin entender que todo fracaso deja un aprendizaje y una experiencia; al final, estamos en este mundo para aprender de cada segundo en el que vivimos"

Nuevos tiempos

"No hay nada inalcanzable, solamente lo irreal"

La Chancha

Sabíamos que la estancia en la casa de Mario sería pasajera, una cosa es aceptar hospitalidad brindada por amigos y otra cosa muy distinta es abusar de ella. Ellos son una familia grande y numerosa que necesita de su privacidad como toda familia, y además nosotros también necesitábamos nuestra privacidad y un espacio para trabajar en nuestra música. También necesitábamos un trabajo que nos asegurara un ingreso constante e independencia. Ya habiendo vivido varios meses en Barcelona no estábamos dispuestos a aceptar la primera oferta laboral que se nos apareciera, ya buscábamos algo más estable y con posibilidad de crecimiento. Si bien no teníamos las mismas energías que cuando llegamos, ahora ya contábamos con amigos que nos podían ayudar.

Comenzamos la búsqueda de nuestro próximo hogar. Visitamos una habitación tras otra, hasta que perdimos la cuenta y todas empezaban a lucir iguales; finalmente visitamos una que desde el primer momento nos encantó. Estábamos con mi hermano cuando tocamos timbre en aquella casa que habíamos encontrado por internet. Nos abrió la puerta una señora mayor muy amable, que se presentó como Pepi, conversamos un poco con ella y entramos a la casa.

La habitación era grande y contaba con dos camas individuales; desde el día que habíamos aterrizado en Barcelona compartíamos una cama matrimonial con Nicolás, y la idea de poder dormir cada uno por separado nos producía mucho entusiasmo. Además contaba con un escritorio donde podíamos trabajar en la música, un televisor, un armario, todo daba gusto de ver, súper ordenado, limpio y realmente muy lindo. A pesar de haber dos camas en la habitación, la intención de Pepi era recibir un único inquilino; cuando le comentamos que nuestra idea era ir los dos, ella no se mostró muy convencida y no nos respondió inmediatamente. Así fue que le dejamos nuestro número de teléfono y nos marchamos con la esperanza de recibir su llamada aceptándonos. Pasaron unos días y no llegaba la llamada, pensamos que quizás no nos quería aceptar, pero cuando ya nos íbamos a poner a buscar nuevamente sonó el teléfono, atendimos y era ella, contándonos que aceptaba que fuéramos los dos, y preguntándonos si nos quedaba bien entrar en dos semanas.

Al pasar esos días, ya nos encontrábamos en la habitación de Pepi, por fin durmiendo separados, después de casi cuatro meses de compartir una cama. Recuerdo que el día de la mudanza nos acompañó Adrián, como nuestro tío, tanto él como su familia querían estar tranquilos de que nos mudaríamos a una casa segura, así fue que vino con nosotros y quedo súper tranquilo con la casa y con Pepi. Con el tiempo Pepi nos fue adoptando como sus nietos.

Dos semanas después de dejar el restaurante tuve mi primera entrevista de trabajo, y no exagero al decirlo: fue la primer entrevista laboral que tuve en toda mi vida.

Por el año 2010 había comenzado a trabajar en una empresa familiar, en la que aprendí durante varios años sobre los distintos sectores; hasta que llego el día en que con mi hermano abrimos nuestra propia empresa. Así que aquella entrevista fue algo totalmente nuevo para mí; no sabía que me iban a preguntar, ni qué contestar, simplemente me lo tomé como una conversación con un amigo.

Recuerdo que fue bastante gracioso porque en el momento de la entrevista ninguna de mis respuestas eran las que esperaban escuchar, eran respuestas con una sinceridad total, preguntas tales como:

-"¿Por qué elegiste trabajar con nosotros?".

Esperando que yo diera las respuestas preparadas. Y no fue así; si mal no recuerdo, creo que respondí:

-"No lo sé… en mi país está la misma empresa y unos amigos trabajan ahí, me dijeron que cada tanto se juntan a comer asados, así que pensé que habría buen ambiente".

Al cabo de un rato la decisión final y lo más importante, es que quedé y que ya tenía trabajo.

Comencé con un contrato corto de prueba, pero era un inicio; había conseguido un trabajo que me diera un sueldo para poder alquilar la habitación y poder comer.

El trabajo lo necesitaba no solo por la parte económica, sino también para poder tramitar el NIE, un documento para residir en España. Si bien pertenecíamos a la unión europea por ser ciudadanos italianos, aún así, precisábamos ese documento. Actualmente contaba con la residencia provisoria, que la había tramitado mientras trabajaba en el restaurante, pero que lamentablemente no es suficiente para la mayoría de trámites, como alquilar un piso, o abrir una cuenta bancaria. Uno de los requisitos más importantes para el NIE es contar con un contrato de trabajo mayor a seis meses; algo por lo que iba a luchar. Con ese documento seria legalmente un extranjero viviendo en España, también podría canjear la libreta de conducir que traía de Uruguay y realizar cualquier otro tipo de trámite.

Un 5 de julio estaría atravesando las puertas de mi nuevo empleo, sin saber que me iba a encontrar. Este nuevo trabajo suponía para mí un cambio abrupto, pasaría de transpirar frente a una parrilla encendida todo el día, a trabajar en un local perfumado y con aire acondicionado.

Los primeros días marcharon muy bien, mis tareas eran sencillas y la gente con la que trabajaba muy amable. Al llegar el tercer día no pensé encontrarme nada que me sorprendiera, pero estaba muy equivocado; ese día me crucé con una compañera de sección que me dejó impactado desde el primer momento. Ella vino a presentarse con una gran sonrisa y un par de grandes ojos claros que me hipnotizaron. Su nombre es Olena. Recuerdo que ese día me hizo todo un recorrido por la sección explicándome todo, aunque sinceramente, no le presté mucha atención a lo que me decía; yo seguía impresionado con esa chica.

A los pocos días decidí invitarla a salir y no fue nada sencillo. Olena es ucraniana y había aprendiendo español recientemente, además aún conservo mis expresiones típicas de Uruguay, lo cual provocó que nuestras primeras conversaciones fueran bastante difíciles y muchas veces nos ocasionó serios problemas. Al día de hoy Olena sigue sin entender muchos de mis "uruguayismos".

Fue muy gracioso invitarla a tomar algo. No tenía forma de dirigirme a ella en privado, siempre estábamos rodeados de más compañeros. Un día no me contuve y la invité a salir delante de mis compañeros y clientes. Concentrada en su trabajo no entendió lo que yo con disimulo quería decirle, por lo que se lo dije nuevamente de varias maneras distintas; algunos compañeros y clientes que presenciaron el momento no aguantaron sus risas. Finalmente me comprendió y quedamos en salir.

Pasaron un par de días y llegó el domingo 14 de julio, ese día había un evento argentino con grupos en vivo en Pueblo Español. Nicolás tenía muchas ganas de ir ya que conocía desde niño a una de las bandas que tocaba. Comenzamos la tarde en la Barceloneta con un tremendo día, llegadas las dieciocho horas Olena publica una historia en Instagram donde aparecía un escenario y de fondo un cartel con la frase: *"Yo amo el dulce de leche".* Hasta ese entonces, solo me veía con Olena en el trabajo, aún no habíamos coordinado esa salida que tanto me había costado proponer, ya que hasta ese momento solo contaba con su red social. Al cabo de una hora, conversando con mi hermano, nos dimos cuenta que esa foto era del evento que él tanto quería ir; así que decidimos marchar para ahí.

Dando varias vueltas, llegamos al evento una hora antes del cierre, cruzamos la puerta y al avanzar dos metros fue increíble: ¡la primera persona que me cruzó fue Olena! Ella corrió hasta mí, saltó y me abrazó. Tengo que admitir que en ese momento ya me sentía un ganador. ¡Ja! Y así fue como empezó mi relación con Olena; la chica que hasta el día de hoy es mi pareja, mi compañera y con la que compartí muchos momentos que iré redactando en los próximos capítulos.

Una de esas personas que necesitaba encontrar, ella está siempre ahí para apoyarme e impulsarme y sobre todo para ser la excelente compañera que es. Increíblemente si ella nunca hubiese publicado esa historia quizás no nos hubiéramos conocido tanto y todo sería muy diferente.

Por otro lado a mi hermano no le fue tan sencilla la tarea de encontrar trabajo. Pasó por varias entrevistas hasta que finalmente lo consiguió. Cabe destacar que en ese momento era verano en Barcelona, así que un tiempo buscando empleo y sin trabajo no le vino nada mal, además, sumado a que en ese periodo también recibimos visitas de amigos de Uruguay, le dio como resultado unas mini vacaciones. Amigos que pertenecían a La Familia, que hacía muchísimo tiempo no nos veíamos, amigos que se habían embarcado en un viaje por el mundo con sus compañeros de facultad que comenzó en 2018. Ellos eran Diego, Sebastián y Rodrigo, tres amigos de muchísimo tiempo a los que tenía muchas ganas de ver. Un mes más tarde de su visita, recibiríamos a Florencia, la hermana de Diego, pero ella se merece un protagonismo especial, así que le dedicaré más líneas en las próximas páginas.

Creo que toda persona que se encuentra tan lejos de su casa y recibe este tipo de visitas atraviesa un estado de felicidad enorme, no hay cosa más linda que recibir visitas, y más de seres tan queridos.

Compartimos largas charlas, caminatas, bares y hasta algunas cenas. Era un poco triste, porque en ese entonces estaba trabajando y solo los podía ver un rato antes de entrar y cuando salía de trabajar, pero no me quedaba otra opción, ellos solo pasaban por Barcelona solamente tres días, y tenía que aprovecharlo al máximo.

Una noche se juntaron a cenar pero yo salía de trabajar cerca de las veintidós horas… estaba lejos y demoré casi una hora en llegar, pero de todas formas me esperaron; si bien ellos ya habían cenado, se quedaron en la mesa esperándome para hacerme el aguante mientras comía, y aunque comía solo mientras me miraban, me sentí muy cómodo. Unos días después ellos ya se habían marchado pero nos dejaron una linda sensación, nos habían dedicado su tiempo en las vacaciones y era algo súper reconfortante. Un mes más tarde, Seba volvería y pasaría conmigo durante mi cumpleaños, pero luego lo contaré.

Ya viviendo en lo de Pepi, volvimos a armar nuestro pequeño estudio para seguir trabajando. En ese momento sumamos otro instrumento al equipo; habíamos comprado un ukelele, que tiempo más tarde utilizaríamos para hacer la grabación de uno de los cinco covers de canciones de artistas uruguayos en formato acústico, como introducción a nuestro próximo sencillo: *"BCN"*. Este track, buscaba combinar los sonidos de la música electrónica, con sonidos típicos de la música uruguaya como por ejemplo el candombe.

En ese momento también cumplimos otro gran sueño, se estaba llevando a cabo uno de los eventos más importantes de la música electrónica, el festival del Tomorrowland. Estaban realizando además de su edición principal en Bélgica, otras ediciones en Barcelona, Malta, Porto y Atenas. Recuerdo que habíamos podido comprar la entrada para la edición de Barcelona, y fue increíble para nosotros. Si bien no era la fiesta principal en Bélgica, habíamos podido pisar el Tomorrowland; no hay palabras para describir todo lo que pasaba por nuestras cabezas en ese entonces.

Un evento magnífico, con una energía insuperable en el ambiente. En cierto momento realizaron una transmisión en vivo desde Bélgica a los otros destinos, y si bien vimos algunos DJ como Dimitri Vegas o David Guetta por una pantalla, la gente estaba tan alegre y con tanta energía que parecían realmente estar frente a nosotros. Fue simplemente maravilloso.

Unas semanas después, en agosto de ese mismo año, llegó Florencia para unirse a nuestra aventura. Es difícil reducir a palabras la confianza y amistad que comparto con esta gran amiga, o dicho de otro modo, la hermana que nunca tuve. Ella es la hermana de Diego, otra de las grandes personas que conforman el grupo La Familia.

Florencia llegó en el medio de las fiestas barriales de Barcelona. Los primeros días se quedó en Gracia; un barrio donde se estaba llevando a cabo la fiesta de ese semana. En Barcelona se hacen eventos por barrios, cada barrio realiza una fiesta que consta de varias cuadras; donde hay escenarios de diversos tipos de música, puestos de bebida y comida; ¡con unas decoraciones increíbles! Para despedir el verano se celebra la más grande entre todos los barrios: *"La Mercè"*. Es alucinante cómo en España hay festejos para cada ocasión, con la energía que lo hacen y lo lindo que es el ambiente de estos eventos.

En un viaje de emigrante como este, donde te aventuras a todo o nada, pueden pasarte muchas cosas. Nunca será fácil, la vida te pondrá obstáculos que estará en uno poder superar, y así como te pone obstáculos te recompensa con gratificaciones como Mario y su familia, Olena, la visita de nuestros amigos y, en ese momento, a Florencia. Un grupo de personas que fue fundamental para nosotros.

Florencia, luego de estar en el barrio Gracia, pudo instalarse a pocas cuadras de donde estábamos nosotros, pero unas ciertas disconformidades con la dueña de la casa hizo que tuviera que buscar un nuevo hogar. Las casualidades de la vida hicieron que Pepi, la señora que nos alquilaba a nosotros, tuviera una amiga que también alquilaba una habitación, y está, increíblemente quedaba frente a nuestra casa. Así que un mes más tarde de llegar a Barcelona, ya éramos vecinos.

En ese entonces Nicolás recién había podido encontrar empleo, pero aún estaba sin cobrar su primer sueldo. Entre mi sueldo que era muy bajo y que apenas nos daba para llegar a fin de mes, sumado a que se nos estaba acabando lo poco que nos quedaba de los ahorros, nos llevó al primer momento de esta aventura donde quedamos totalmente en cero económicamente. Faltaban casi quince días para que yo cobrara y a Nico le faltaba aún un mes. La poca plata que nos quedaba se resumía a un bollón con un puñado de monedas, no tuvimos más opción que gastarlas poco a poco hasta que solo quedaron unos tristes centavos. En ese entonces Florencia fue nuestra salvadora, recuerdo que nos prestó €150, y que con eso pudimos llegar a fin de mes. Luego ya contamos con mi sueldo y el de mi hermano, lo que nos permitió estabilizarnos.

Toda esta situación se la ocultamos a mucha gente, pero sobre todo a nuestros padres, para no preocuparlos. Ellos se enteraron después de cuatro meses, cuando ya estábamos estabilizados nuevamente.

Fue con la llegada de Florencia que logramos visitar por primera vez a nuestros amigos Maca y Germán. Ellos viven a unos kilómetros de Girona, en Bañoles, un pueblo chico pero muy lindo, con un lago con vistas a los Pirineos que es realmente espectacular.

Un mes más tarde, un 6 de septiembre, vivimos una anécdota increíble en un recital. Se estaba presentando en vivo otro de nuestros DJ referente: Martín Garrix.

Recuerdo que antes de salir de casa preparamos un pendrive con las cuatro canciones que teníamos hasta el momento y una pequeña redacción en ingles con la ayuda del traductor de Google. Decía algo así:

"We are Gastón and Nicolás, two brothers from Uruguay. Because produce electronic music has always been one of our dreams, we are just starting. You and Avicii are one of our greatest influences. We share with you our first 4 released singles, we are continuously creating new music. This Sunday we are releasing "My Garden", a new song inspired in Avicii"

Nuestra idea era poder acercarnos lo suficiente a Garrix para entregarle el pendrive junto con esa nota.

Llegó el momento de entrar al recital, aquel lugar estaba lleno, no entraba un alma, nuestra posibilidad de darle el pendrive era cada vez menor, pero no íbamos a perder la esperanza.

Comenzó el evento y nuevamente vivimos algo inimaginable. Fueron pasando las canciones, y mi hermano logró hablar con varios guardias de seguridad hasta que lo dejaron pasar. Increíblemente, llegó a estar parado detrás de Garrix, al retirarse luego de terminar su última canción se cruzó con mi hermano, que logró entregarle el pendrive con nuestras cuatro canciones. Se quedaron mirando por unos segundos y Garrix esbozó una sonrisa; nunca sabremos si las escuchó o no, pero nuestro objetivo de darle el pendrive había sido cumplido.

De esas cuatro canciones solo habíamos publicado tres, la cuarta la publicamos dos días después del recital, un 8 de septiembre. Fecha en la que 29 años atrás había nacido nuestra influencia máxima, la persona que nos inspiró a comenzar este proyecto, Tim Bergling, más conocido como Avicii.

La canción, *"My Garden"*, la había escrito por el año 2010, originalmente era acústica pero al comenzar el proyecto de Thomas Coke comenzamos a trabajarla en formato electrónico. Esta canción fue de las que nos llevó mayor trabajo, y de la que participaron varias personas y amistades. Nuevamente Hernán había grabado la guitarra y por medio de un amigo conocimos una chica llamada Chiara. Ella fue quien la cantó de forma realmente admirable, a pesar de que en ese momento solo tenia diecisiete años, ¡su voz era fabulosa de escuchar! Contamos con el excelente trabajo de mezclas de otro amigo de toda la vida, El Tavo.

Cuatro días más tarde vivimos otro evento alucinante, una grupo uruguayo de música, llamado La Vela Puerca, estaría tocando en vivo en Barcelona. Ni bien nos enteramos de la noticia sacamos las entradas enseguida; que de hecho se agotaron y tuvieron que marcar otra función al día siguiente.

A ese recital fuimos con Mario y su familia, Florencia que había llegado hacia poco y también nos acompañó Olena. Salieron al escenario, tocaron los primeros acordes, cantaron los primeros versos y el público se enardeció. Era como volver a estar en mis tierras, la energía se sentía en el ambiente, algo espectacular.

Una semana más tarde fue mi cumpleaños, el primero lejos de mi país. Nos juntamos en la casa de Adrián, el vive en un ático con una gran terraza y me dijo para reunirnos todos y festejarlo ahí. Por un lado, fue algo triste porque lo celebramos de noche y él trabajaba en ese horario, pero pudo compartir con nosotros un rato antes de irse, y un rato cuando volvió. Nos juntamos con Mario y la familia, Lucas y la familia, y también lo pude compartir con dos amigos de toda la vida, Florencia y Seba que había regresado a Barcelona para mi cumpleaños.

Además estaba Olena, la chica con la que aún seguía saliendo y fortaleciendo la relación. Y lo más importante, fue la videollamada con mis padres y mi abuela. Así entre todos pasé mi primer cumpleaños en Barcelona.

Luego de mi cumpleaños, Seba aún iba a estar por Barcelona dos días más, así que aprovechamos y fuimos a una feria que se había armado por la Barceloneta con él, Florencia y Olena. Entre todas las atracciones que había, se encontraba un camión con muchos peluches de lo más bizarros, desde simples conejos hasta un Dónut gigante. Para ganar uno de esos peluches había que tirar cinco dardos y pinchar varios globos; participamos con Seba y ganamos, pero nunca se iban a esperar que pidiéramos como premio el Dónut, ¡que realmente era enorme! Fue graciosa la reacción del dueño al entregarnos el dónut, nunca se hubiera imaginado que pidiéramos ese premio. Lamentablemente fue la última atracción que visitamos ese día, ya que el Dónut era incómodo de llevar y bastante pesado, pero fue una linda experiencia y un buen recuerdo.

Al día de hoy ese Dónut está en la casa de Maca y Germán, es tan grande que no supimos que hacer con él, y ellos nos ofrecieron guardarlo en su casa.

Pasaron algunos días pero aún nos sentíamos adictos aquel juego, tuvimos que volver a participar. Con mucha suerte, volvimos a ganar, y de forma muy esperable elegimos otro premio gigante, esta vez una víbora de más de dos metros de largo. Era algo más liviana que el Dónut, por lo que pudimos continuar paseando por la feria con la víbora, a la que llamamos Sodape.

Como ya es costumbre, cierro el capítulo con un post realizado el 17 de junio, recién habiendo dejado el restaurante y viviendo en lo de Mario, a tres meses de haber dejado Uruguay atrás:

"Quizás la primer decisión de dejar todo atrás, para emprender una nueva etapa, no fue la más difícil... sino que una vez lejos de la familia, los amigos y la zona de confort, ocurren muchas situaciones en las que la vida nos pone a prueba, casi que llevándonos al límite, viendo cómo reaccionamos; si bien aún estamos conectados con todos aquellos que nos solíamos rodear, gracias a la tecnología; ya no están esos momentos de juntadas, diálogos, caminatas, abrazos, etc... hasta que llega el momento en que nos encontramos sobre una delgada línea entre mantenernos firmes en el objetivo, u olvidarnos porque estamos acá; ahí necesitamos hacer una pausa para reflexionar ciertas cosas y así poder seguir caminando a paso firme... en estos 3 meses hemos conocido a personas increíbles, personas que en 2 o 3 charlas te hacen sentir la confianza de años, personas que te hacen sentir parte de su familia, personas que saben cómo levantarte el ánimo... 3 meses de momentos de incertidumbre, momentos de extrañar muchísimo, de momentos felices, de momentos con mil emociones encontradas... 3 meses de muchas experiencias y muchísimo aprendizaje; y lo mejor es que esto recién comienza!"

Todo se va encaminando

"Porque crecer no es solamente cumplir años, sino que es aprender lo que hace
bien y lo que hace daño"

Hereford

Un día de octubre fuimos con mi hermano a una Fiesta Argentina, un baile con música típica de Argentina y Uruguay del género de la cumbia, plena y rock, entre otros. Solíamos concurrir a estos eventos desde el día en que los conocimos, pero ese día de octubre fue especial. Conversando con Fede, el DJ de la fiesta, le comentamos que nosotros también pasamos música y que nos gustaría una noche compartir cabina y pasar música los tres juntos. En ese momento él no podía hablar mucho porque estaba trabajando, pero la idea le encantó, nos pasó su teléfono y comenzamos a preparar ese evento.

Un par de sábados más tarde celebramos la fiesta Argentina-Uruguaya, o como la llamamos en el grupo de WhatsApp, "Uruantina". Pasamos música entre los tres, y así nuestro sueño seguía creciendo y haciéndose realidad: estábamos pasando música en Barcelona. Les gustó la propuesta, así que más adelante nos volvieron a llamar para una de las fiestas más importantes, pero la voy a contar en su momento en las próximas páginas.

En paralelo seguíamos trabajando en nuestra próxima canción: *"BCN"*. Para ella, grabamos cinco vídeos haciendo covers de los artistas uruguayos que influenciaron la canción, esto fue con la idea de darle una introducción al tema y mantenernos activos en las redes sociales. Lamentablemente no pudimos publicar la canción en el año 2019 como teníamos planeado, el lanzamiento se hizo esperar hasta marzo del 2021.

El primer vídeo lo íbamos a grabar en las escaleras de la catedral de Barcelona, pero habíamos llegado algo tarde y estaba oscuro; no tendríamos otra oportunidad de hacer esa grabación, por lo que buscamos una alternativa para hacerlo ese día; así que hicimos el vídeo caminando por la avenida Portal Del Ángel. Fue totalmente improvisado, pero resultó ser uno de los vídeos que a mi criterio quedó mejor. Se trataba de una canción de La Vela Puerca, llamada *"En el Limbo"*; mientras grabábamos la gente pasaba y nos miraba sin entender qué ocurría. Si bien en las calles de Barcelona está lleno de artistas, lo nuestro era algo un poco peculiar, nosotros íbamos caminando tocando la guitarra y cantando, mientras una amiga iba adelante grabándonos con una cámara prestada; fue una muy linda experiencia.

Para el siguiente vídeo pusimos a sonar el ukelele, interpretando la canción *"Tan Lejos"*, de la banda No Te Va Gustar. Este vídeo decidimos grabarlo en las escaleras del Montjuic, intercalando entre guitarra y ukelele. Nos encontrábamos con los instrumentos, el mate, y la cámara; hasta que en un momento se nos acercó una persona, nos miró y con un acento totalmente rioplatense nos dijo: *"¿me convidan un mate?"*. Escuchar esa pregunta fue brutal, era un muchacho argentino que estaba de paseo por Barcelona. Se sentó con nosotros a tomar unos mates y tocar un par de canciones con la guitarra. Hoy en día con la pandemia, algo tan normal como esto se sería imposible.

La tercera grabación la hicimos en el Arco del Triunfo, se trataba de la canción *"Vestida Para Matar"*, de una icónica banda del punk de Uruguay, Trotsky Vengarán. Para este vídeo, nuevamente tuvimos complicaciones con la luz, era tarde y oscurecía rápidamente, por lo que cada nueva toma era más oscura que la anterior. Finalmente corregimos todos estos problemas durante la edición para disimular el paso del tiempo.

El cuarto vídeo fue para la canción *"Carretera Perdida"* de los Buitres y lo grabamos en la estación de metro que teníamos cerca de casa. Fue prácticamente imposible grabar, ya que los metros pasaban continuamente y no podíamos ni oírnos a nosotros mismos. Tuvimos que grabarnos cuando no había metros y la estación estaba en silencio, pero como queríamos que en el vídeo apareciera un metro hicimos una grabación separada y luego las montamos.

Por último, el quinto vídeo lo grabamos en la casa de Lucas, en las montañas. Se trataba de la canción *"Axidente"* del grupo La Chancha, una legendaria banda uruguaya de rock.

Como habrán comprendido cada vídeo fue un desafió enorme de los que aprendimos muchísimo. Cada hora de grabación y edición significó días enteros de trabajo y tutoriales en internet.

Sobre mediados de octubre empecé a preocuparme seriamente acerca de mi contrato laboral, era un contrato a término que finalizaba a principios de noviembre. En ese momento, tendrían que decidir si renovarme el contrato de forma indefinida o dejarme en la calle. Es así que mientras transcurría los días y la fecha se acercaba, mi ansiedad crecía horriblemente; lo peor era que nadie podía darme una respuesta concreta. En mi caso, no podía darme el lujo de quedarme sin empleo, y para peor, enterarme de un día para el otro; eso me estaba llevando nuevamente a vivir una situación al límite, como nos sucedía de costumbre a mi hermano y a mí. Pasaron algunos días hasta que finalmente recibí la nefasta noticia de que no me renovarían el contrato. Aparentemente, la empresa ya tenía todos los cupos cubiertos. Me invadió una tristeza enorme porque lo había dado todo de mí, pero no fue suficiente. Comencé a mentalizarme en volver a buscar trabajo, aunque eso me significara un retraso para conseguir el NIE indefinido.

A los dos días, ya arruinado por la noticia, comencé a pensar en los lugares a los que enviar el próximo currículum. Una tarde me encontraba trabajando, cuando de repente sucedió algo inesperado. Se acercó a mí, corriendo y alegre, la muchacha que en aquel entonces era mi encargada, Feli. En ese momento me entere que ella había hablado con directores y superiores para conseguir que me contrataran fijo. Es por esto que le estaré a Feli enormemente agradecido, ya que gracias a este gesto pude terminar con los trámites de mi residencia. También me causó mucha emoción saber que me cambiarían a una de las mayores tiendas de Barcelona que estaba por reabrir luego de una gran reforma. Por otro lado me invadía una gran tristeza por tener que despedirme de todos mis compañeros, pero era la única solución que tenía.

Muchas veces me he puesto a pensar en esos días, que hubiera pasado si no me renovaban el contrato faltando tan poco tiempo para la llegada de la pandemia y el confinamiento. Seguramente hubiera significado el final de muchos de nuestros planes y sueños.

Al saber que ya tendría el contrato indefinido, solo me quedaba conseguir la cita para tramitar el NIE. Conseguir esta cita es un verdadero dolor de cabeza; Barcelona, al ser una ciudad habitada por muchísimos extranjeros, tiene como consecuencia que las fechas disponibles para este trámite se agotan muy rápidamente. Pero gracias a un inesperado golpe de suerte, pude conseguir la dichosa cita para el 17 de diciembre en Vilanova, a unos 45 kilómetros de Barcelona. Ese día me prepare para lo peor, todas mis experiencias con respecto a este trámite habían sido espantosas, en tres ocasiones distintas había presentado todo lo que me solicitaban, pero en el momento siempre me faltaba algo. Para esta cita, llevaría todos y cada uno de los papeles que tenia conmigo. Para mi sorpresa y contra todo lo que tenía previsto, completé el trámite en menos de diez minutos. Es increíble que pudiera resolver tan rápido, algo que me venía produciendo tanta ansiedad desde hacía nueve meses.

Ya habiendo conseguido el NIE pude canjear la libreta de conducir, pero debido al estado de alarma y la suspensión temporal de ciertas oficinas públicas, se retrasó la entrega de mi libreta casi dos años.

Todo se estaba comenzando a encaminar nuevamente.

Ya con la tranquilidad del contrato, el NIE, y el cambio de la libreta de conducir, solo quedaba disfrutar de lo que restaba de ese año, y así comenzamos a organizar la gran noche de disfraces de navidad en la casa de Lucas, en las montañas.

Llegó el 24 de diciembre, nos juntamos con Adrián sobre el medio día, y fuimos juntos a la casa de Lucas. Una vez allí, iniciamos los preparativos para la noche, la idea era tener todo preparado para cuando llegara Nicolás, Mario y su familia. Comenzó la noche, para mí y para mi hermano no solo era diferente y raro estar pasando una navidad fuera de casa, sino que también era invierno y estábamos rodeados de nuevas amistades. Era como en las películas, todo decorado con motivos navideños y con una estufa encendida, solo faltaba la nieve para completar la imagen. Un rato antes de medianoche comenzamos con uno de los desfiles de disfraces más divertidos que vi, dándole un toque especial a esa noche. A las doce brindamos y unos minutos después ya teníamos armada una pequeña gran fiesta; con Nico habíamos llevado la consola y un micrófono, así que entre canción y canción salían algunos karaokes. La noche se fue hasta altas horas de la madrugada, realmente fue muy divertida.

A la mañana siguiente preparamos un mate, como dicta la costumbre uruguaya, y prendimos el fuego; armamos una pequeña picada, y mientras se despertaban se iban uniendo a la mesa. Para cuando ya todos estaban despiertos, teníamos la carne al fuego, esperando para sentarnos todos juntos y compartir un buen asado. Luego no tuvimos mejor idea que bajar la comida con un mini partido de fútbol en el jardín, fue una navidad totalmente diferente, una navidad lejos del hogar, pero con personas que nos hicieron sentir su familia.

Como comenté anteriormente, íbamos a pasar música en un evento importante, la gran fiesta Argentina de fin de año, un evento que nuevamente nos marcaría un antes y un después. Ese mismo 31 de diciembre, Fede tenía otro evento y no podía asistir a la fiesta, así que la organización, sin realmente conocernos, confió plenamente en nosotros para llevar adelante la despedida de ese año. Esa noche estábamos cenando con unos nervios que nos invadían el cuerpo y nos quitaban el hambre sabiendo que toda la fiesta dependía de nosotros. Luego del brindis de medianoche salimos en un taxi hacia el lugar del evento, y preparamos todo lo más rápido posible. Sobre la una y media abrieron las puertas, comenzó a entrar la gente, y en pocos minutos el lugar ya estaba repleto.

Aquella fue una fiesta increíble. Las horas pasaban y la gente no se cansaba, la multitud bailaba eufórica cada una de nuestras canciones. Afuera ya había amanecido, pero dentro, el ambiente era el mismo que al comienzo. Si no nos hubieran dado la orden de cortar a las siete, la fiesta hubiera continuado quien sabe hasta cuándo.

Fue una satisfacción increíble recibir esa respuesta de parte del público, fue una experiencia enorme. El hecho de que Fede nos haya recomendado a la organización y saber que contábamos con su confianza, nos hizo sentir muy bien. Ese día nos llevamos con nosotros una sensación de alegría insuperable, por primera vez en Barcelona habíamos sido los responsables de pasar música; y también haber sentido una energía recíproca entre nosotros y el público, fue algo mágico. Más adelante nos dejarían a cargo de otra fiesta, pero de esa hablaré el próximo capítulo.

Luego de finalizar esa fiesta inolvidable nos fuimos a descansar. Ese primero de enero, que generalmente solíamos pasar en familia, viviríamos otra vez una experiencia diferente. Organizamos un picnic a orillas del mar Mediterráneo con Nicolás, Florencia, y además Maca y Germán que vinieron desde Girona a pasar el día con nosotros.

Crece la familia

La Vela Puerca

Un 22 de enero estaría llegando nuestro primo Franco. Finalmente había podido hacer todos los papeles de la ciudadanía y recién ahí, aquello que habíamos hablado por el 2017, estaba pasando: finalmente los tres estábamos en Barcelona.

Ese día lo fuimos a recibir al aeropuerto. Su vuelo había llegado, pero él y el resto de pasajeros no salían… y pasó una hora y tampoco salían…. y pasó otra hora y seguían sin salir. En ese entonces anunciaron por los parlantes que las valijas estaban demoradas.

A veces pienso que es algo que corre en nuestra familia, y quizás me equivoque, pero todas y cada una de las cosas que nos proponemos se dificultan desproporcionadamente.

Recién dos horas después de haber llegado pudo recuperar su equipaje. Al vernos nos dimos un abrazo y marchamos al hostal que había reservado, ubicado a pocas cuadras de nuestro piso.

Dejamos todo en el hostal y nos fuimos a dar el primer paseo. Mientras caminábamos nos fuimos poniendo al día, teníamos tanto, pero tanto de que hablar, que el primer día se nos pasó rapidísimo.

Esa misma noche fuimos a cenar y allí es donde Franco finalmente conoció a Florencia y Olena.

La familia iba creciendo de a poco, y esa cena, sin saberlo, se iba a repetir tres meses durante el confinamiento.

A los pocos días, los tres comenzamos a buscar un piso para mudarnos. Uno de los requisitos fundamentales para alquilar un piso en Barcelona, es un contrato de trabajo indefinido, el otro requisito es un ingreso mínimo en relación al costo de dicho piso. En ese momento yo era el único que contaba con un contrato indefinido, pero junto con mi hermano no llegábamos al ingreso mínimo. Por suerte, a la semana de llegar, Franco ya había conseguido empleo. Ahora entre los tres ya cumplíamos uno de los dos requisitos principales para alquilar el piso.

A todas estas dificultades se sumaba que la mayoría de inmobiliarias no nos querían alquilar debido a que éramos tres chicos; no les importaba que fuéramos familia, que compartiéramos el mismo apellido y hasta los mismo rasgos; solo veían a tres hombres que podrían destrozar la casa con fiestas y molestar a los vecinos. Por lo general solíamos escuchar excusas como: *"Disculpen, pero el dueño solo alquila a familias"*. En algún punto parecía que nosotros no encajamos dentro del término *"familia"*, o vaya uno a saber.

La búsqueda continuó hasta que dimos con una inmobiliaria de unos señores *"macanudos"* (como se le dice en Uruguay a personas agradables y con buenas intenciones), que nos resolvieron el alquiler sin juzgarnos ni ponernos excusas. Fuimos a ver la casa un miércoles, y el viernes ya estábamos firmando el contrato y recibiendo la llave para mudarnos. Se trataba de una casa grande, donde cada uno tendría su habitación y una sala grande que fue clave durante la cuarentena.

Dos semanas más tarde realicé mi primer viaje fuera de España a un país al que desde chico quería ir; un destino donde por un valor emocional quería llegar: Berlín. ¡E iría con la mejor compañera! Así que el 16 de febrero de ese año, comenzamos nuestras primeras vacaciones con Olena.

Comenzamos esa semana de vacaciones pasando cuatro días en Berlín. Allí visitamos la mayor cantidad de museos y atracciones principales, pero también aprovechando los momentos libres para caminar a orillas del Río Spree, parando en los barcitos que lo rodeaban y disfrutando las vistas a la ciudad que son admirables tanto por la noche con todas las luces encendidas, como por la mañana cuando aparecen los primeros rayos de sol.

Increíblemente, cuando íbamos paseando me sentía como en casa. Si bien la mayoría de personas tenía un perfil bastante serio, llevaban una vestimenta súper sencilla; personas que no se metían con nadie, tampoco te miraban mal, y mucho menos te hacían sentir turista.

La ciudad realmente es muy linda, cargada de muchísima historia. Sin dudas volveré a visitarla, y quizás, algún día llegue a mudarme allí. Sin lugar a dudas me enamoré de esa ciudad, un destino precioso.

Algunas noches salimos por los bares a conocer la vida nocturna, esta era increíble. Fuimos a un bar atendido por un señor muy sencillo; había música para ambientar y cada espacio del lugar tenía almohadones. Las personas se sentaban sobre los almohadones o incluso sobre las mesas, algo súper rústico, pero con un clima espectacular, donde tomamos una de las mejores cervezas artesanales que he probado.

Otro lugar notable dónde comimos fue a pocas cuadras del muro de Berlín. Una casa de comida dedicada pura y exclusivamente a milanesas, con más de 40 tipos diferentes. Algo que nos llamó la atención de ese lugar, era que la carta estaba en tres idiomas: alemán, inglés y español. Eso nos facilitó muchísimo a la hora de pedir, y las milanesas que comimos eran exquisitas.

La mayoría de los días estuvo nublado e incluso llovió, pero la mezcla de ese clima con los árboles casi pelados debido al invierno, le daban un toque especial a la ciudad.

Finalmente, pasamos los últimos tres días del viaje en Budapest, otro lugar altamente recomendable para visitar, con paisajes preciosos y, algo no menor, un destino muy económico. Además también es un destino cargado de historia.

Una de las noches hicimos un paseo en barco por el Río Danubio para ver ambas partes de la ciudad. Tanto los puentes como la ciudad tan iluminados por la noche son maravillosos.

Llegó el momento de volver, y a pesar que me daba tristeza hacerlo, y a pesar de que me hubiera gustado prolongarlo y visitar más ciudades, no solo debía regresar porque fuera parte del plan, sino que también tenía un compromiso muy importante: pasar música en otra fiesta Argentina.

El evento sería la misma noche que arribara en Barcelona. Nuestro vuelo estaba programado para llegar sobre las veintidós horas y la fiesta era a media noche. Mi hermano me estaría esperando en el lugar con todos los equipos y preparando todo.

No era un evento más: se trataba de una de las fiestas con más color y más divertidas del año, ¡la fiesta de Carnaval con un concurso de disfraces! Volver a ser los encargados de pasar música y mantener a la gente bien arriba todo el tiempo, nuevamente nos generaba unos nervios enormes.

Sinceramente fue otra noche increíble para nosotros y nos permitió seguir cumpliendo de a poco nuestro sueño.

La noche terminó y sentimos una conexión fascinante con el público. Nuevamente querían seguir la fiesta, pero por normas del lugar tuvimos que cortar.

Recuerdo un día que entraba a trabajar de mañana y no me había funcionado el despertador. A todos nos ha pasado, es horrible el momento cuando te despertás faltando treinta minutos para entrar a trabajar y sabes que no tenes forma de llegar a tiempo. Así que me apronté lo más rápido que pude y pedí un taxi. Venía conduciendo una chica Mexicana; ella vivía en Barcelona desde hace veinte años.

Agradezco haberme levantado tarde y compartir ese taxi. Hablamos un poco de las experiencias de emigrar y me dijo una frase que me quedó grabada:

"Llega un momento en el que vas a sentir que ya no perteneces a tu lugar, pero sabes que tampoco perteneces a este, y te das cuenta que a pesar de los años que vivas en otra ciudad, no vas a ser ni de acá ni de allá"

Con la llegada de Franco comenzamos a visitar diferentes lugares para que conociera la ciudad, pero hubo un destino que yo aún no conocía que fue alucinante.

Un 8 de marzo emprendimos rumbo al Monasterio de Montserrat con Olena, Florencia y Franco. Teníamos la intención de subir caminando los 720 metros de altura. El camino estaba conformado por senderos de tierra, escaleras, rocas y zonas boscosas. Una muy linda experiencia pero agotadora si no estás en forma.

Al llegar, nos resultó increíble ver una construcción tan magnífica como el Monasterio a esa altura. Paseamos por los alrededores hasta que decidimos subir a la cima de la montaña. Como ya no teníamos energías para caminar hasta el pico de Sant Jeroni, la parte más alta a 1.236 metros de altura, usamos el funicular. Una vez arriba nos sentamos horas a apreciar las deslumbrantes vistas.

El descenso optamos por hacerlo en tren, ya teniendo la experiencia de subirlo y con el cansancio acumulado, creo que fue la mejor decisión.

Un 15 de marzo, a un año de haber comenzado esta aventura, nuevamente realicé un post donde resumo experiencias, momentos, y personas que fuimos conociendo:

"Increíblemente ya ha pasado un año desde que con @ nico_maceira pasamos las puertas del aeropuerto de Mdeo. para emprender una loca aventura... una experiencia única cargada de emociones, donde conocimos personas increíbles que nos dieron un tremendo apoyo en momentos donde la distancia era y es brutal... Comenzamos este desafío el primer mes acompañados con "hermanos de la vida", seguimos caminando y nos chocamos con personas geniales, tuvimos el honor de ver excelentes dj y poder pisar un @tomorrowlandbcn UNITE... Meses más tarde recibir visitas de amigos y pasar unos días que como dicen acá, " pasamos de Puta madre".. por si fuera poco se suman a nuestra aventura @florsiola y @francosabr ; nada más lindo que poder compartir cosas en familia, y para cerrar un excelente círculo faltaban 2 personas que nos cambiaran todo; que nos dio una fiesta argentina, @florencialuzvirjan y @o_l_e_n_a_9 ... y finalmente empezar a cumplir nuestro objetivo mayor, poder pinchar en una fiesta que gracias a @fiestaargentajj pudimos hacerlo... así que... gracias aventura por todo esto!!"

Cuarentena

La situación a nivel mundial era complicada y para España no sería diferente. Los casos a nivel regional no dejaban de aumentar y ya se venía percibiendo que se venían medidas extremas.

Un viernes 13 de marzo sobre las quince horas, España entró en estado de alarma con cuarentena obligatoria. En pocas horas el miedo que sentía la gente a quedarse confinada sin alimentos creció de forma alarmante, esto produjo aglomeraciones en los supermercados y largas filas de carros desbordantes de productos básicos. Algo que llamaba preocupantemente la atención eran las cantidades ridículas de papel higiénico que se veían en algunos carros.

Ya pasadas las dieciocho horas quedaban muy pocas personas en las calles, y un par de horas después quedaron desoladas por días.

El estado de alarma no solo había llegado a España, también lo habían decretado en Italia, Francia, Alemania y hasta en el otro lado del mundo, del país de donde venia y sus países vecinos. El mundo entero se vio afectado por una pandemia que no paraba de crecer.

Circularon noticias de ciudades altamente civilizadas y urbanizadas por las cuales deambulaban animales salvajes, la vegetación crecía de forma descontrolada y se decía que el gran agujero en la capa de ozono había comenzado a cerrarse; la naturaleza había recuperado el control y para las personas parecía el fin del mundo.

Hasta entonces, había sido impensable que en el siglo XXI nos viéramos obligados a permanecer en casa durante meses por el bien común, absolutamente nadie sabía cómo actuar, como detener esa ola de contagios, que crecía rápidamente. Por suerte, al día de hoy, ya todos sabemos como protegernos.

Es increíble que en muchas cosas el humano se siente invencible, capaz de todo, pero ante algo realmente peligroso descubrimos lo vulnerables que somos, sin importar quien seamos o cuanto tengamos.

Algo tan sencillo como juntarse a charlar, dar un beso o un abrazo o compartir un momento con alguien; todo esto había quedado totalmente suprimido. Debimos dejar de visitar a seres queridos mayores, debido a que son personas de riesgo. La cuarentena nos llevó a valorar muchísimo todo lo que nos hizo perder.

Pasaron varios meses. Durante ese tiempo la situación mejoró y empeoró más de una vez. Actualmente todo sigue muy parecido; la tasa de contagios baja, por lo que nos dan más libertades, esto hace que los contagios aumenten y que nos quiten esas libertades, en un círculo que parece nunca acabar.

Todo lo que nos rodeaba, e incluso la vida misma como estábamos acostumbrados a vivirla, ya no volverá a ser igual, o al menos eso es lo que creo. Vivimos una situación que en cierto punto nos va a cambiar la cabeza a todos, tanto en lo personal, como en lo social.

Al menos para nosotros la cuarentena no fue tan devastadora, la sacamos barata. Por suerte habíamos conseguido alquilar el piso justo antes de que todo estallara y no teníamos problemas económicos, así que dentro de todo, debemos ver el lado positivo.

Por un lado, Nicolás y Franco pudieron seguir trabajando desde casa ya que sus tareas eran aptas para teletrabajo, por otro lado, al cerrar la tienda yo no tuve esa suerte y dependía de las medidas que tomaran. Por suerte en mi empresa se tomó la decisión de mantener a todos los empleados fijos y no mandar a nadie al ERTE, algo que a todos los empleados nos dio un alivio enorme.

Al principio pensamos que esta situación no se prolongaría demasiado y que el estado de alarma no duraría más de algunas semanas, pero no fue así, y los tres meses que estuve confiando en casa sin trabajar decidí aprovecharlos estudiando.

Comencé a realizar cursos de Mezcla y Mastering para seguir profesionalizando el proyecto que tenemos con mi hermano. Así salieron las primeras canciones realizadas completamente por nosotros, de inicio a fin sin ayuda. Valorábamos muchísimo el apoyo que todos nuestros amigos nos habían brindado, pero esta nueva etapa de independencia nos hacía sentir súper orgullosos.

Casi dos meses después sacamos la canción *"Quarantine"*, que compusimos completamente durante la cuarentena. Un track meramente instrumental pero que buscaba transmitir emociones positivas ante la situación que estábamos viviendo.

La melodía de esta canción nació sobre las tres de la mañana, esa noche estaba durmiendo con Olena y me desperté con esas notas en la cabeza. Como tenía miedo de olvidarlas, agarré el celular y grabé la melodía. Sin querer desperté a Olena, ella pensaba que estaba loco; imagínense despertarse durante la madrugada en un cuarto oscuro, y tener una persona cantando a un celular. La situación nos hizo reír, pero lo importante es que a los pocos días nació esta canción.

Siete días después de *"Quarantine"* publicamos *"Storm"*. Una canción que ya teníamos armada, pero que aún le faltaba la última etapa. Así que con el tiempo libre y todo lo que aprendimos durante los cursos, pudimos finalmente terminarla. Esta canción buscaba mezclar sonidos de sintetizadores con sonidos ambientales, como los del mar, lluvia y truenos. Acompañamos la canción con la siguiente reflexión:

"Cuando la vida se nos estanca y el sol ya no nos calienta, cuando los días pasan y pasan y con ellos no llega nada nuevo o inspirador, y cuando finalmente nos acostumbramos a ese monótono desamor... lo mejor que nos puede suceder es recibir un golpe en la cara que nos despierte, una tormenta que nos dé un propósito para luchar y hacernos sentir vivos. Porque después de una tormenta siempre sale el sol, y quizás este nuevo sol sea más cálido y brillante que el anterior"

Ese mismo mes sacamos otra canción: *"Motion"*. Al igual que *"Storm"*, también la teníamos compuesta y producida pero aún nos faltaba la mezcla. *"Motion"* también vendría acompañada de una pequeña reflexión:

"El universo, las galaxias y el sistema solar. El sol, la tierra y los continentes. Todo ser humano habido y por haber. Todos a quienes has amado y amarás. Todo lo que has sentido y sentirás. Cada latido de tu corazón, cada bocanada de aire y cada palabra pronunciada. Todo está en movimiento. El movimiento es lo que nos une, separa y vuelve a unir. Vivir es movimiento"

Estas últimas canciones, todas meramente instrumentales, trataban de producir emociones a partir de cambios y contrastes que irían ocurriendo a lo largo de la canción.

Durante varias de las semanas de encierro recibimos las visitas de Florencia y Olena, que se quedaban con nosotros algunos días. Por suerte la casa era grande y cómoda y podíamos convivir entre todos. Sería un error terrible de mi parte, hablar de la cuarentena sin mencionar el sillón de nuestra sala, sin el cual no habríamos podido pasar cómodamente tantas horas de mal cine, siestas y botellas de vino.

Para festejar los cumpleaños de Florencia y Olena durante la cuarentena, hicimos un festejo doble que a pesar de ser minimalista fue muy divertido. Pusimos algunas luces, Nicolás pasó música por la consola, nos vestimos formales y comimos y jugamos toda la noche, el dígalo con mímica fue el protagonista de la fiesta.

Como muchas personas también intentamos *"hacer ejercicio"* para poder *"mantenernos en forma"*, algo que fue prácticamente imposible. La motivación por saltar la cuerda, seguir profesores online, y subir y bajar las escaleras duró solamente los primeros días. Luego, las ganas de ver películas y series fueron superiores, así que todo ese deporte quedó en el pasado.

Comenzamos con Franco a crear una app para complementar todas las horas que pasábamos jugando Catán. La idea era crear una herramienta que nos diera estadísticas del juego, ya que nuestro nivel de competencia había crecido tanto que no nos alcanzaba solamente con saber quién ganaba. Si bien la app funcionaba correctamente y era útil, no tuvimos la oportunidad de completar todo lo que habíamos planificado. Quizás el futuro nos dé la oportunidad de terminarla.

La cuarenta llegó y golpeó fuertemente la economía de varios países, muchos trabajadores se vieron afectados por estos desastres y nuestro círculo no dejaría de ser afectado. La población sufría estas consecuencias y muchas personas quedaron sin empleo, entre esas personas estaba Florencia. A raíz de la cuarentena la empresa para la que trabajaba cerró y se quedó sin trabajo, quedando sin dinero suficiente para seguir adelante.

Desde un principio le ofrecimos nuestra ayuda y soporte, pero para una persona tan independiente es difícil aceptar este tipo de ayuda. Tampoco pudimos convencerla de que se quedara en la casa. Fue así que a los pocos días tomó la decisión final de volver a Uruguay. Organizamos una pequeña despedida, y luego no pudimos más que acompañarla hasta la puerta de la estación Sants.

Un mes más tarde comenzó la desescalada y de a poco todo en Barcelona fue abriendo. Comenzaron con algunas tiendas con el aforo reducido. Luego se abrieron lugares al aire libre y franjas horarias para salir a la calle. Lentamente se estaba volviendo a la nueva normalidad, con la esperanza de que todo mejorara.

Se acercaba la fecha de las vacaciones que teníamos programadas con Olena. La idea era viajar a su tierra natal, Ucrania, a conocer a su familia. Pero la situación para viajar era súper complicada y cada país ponía más y más restricciones, así que decidimos suspender el viaje. Unos días después buscamos un destino con menos restricciones para poder conocer, y así fue que terminamos en la *"Ciudad del amor"*, como algunos llaman a París. ¡Un lugar precioso!

Debido a la situación mundial no había mucha gente. No había filas ni largas esperas, por lo que se podía entrar a todos lados inmediatamente. Se nos hizo muy fácil visitar museos y atracciones.

La ciudad es ideal para recorrerla a pie y disfrutar cada uno de los rincones que ofrece. No son únicamente sus museos y parques los que maravillan, sino que también sus luces nocturnas o sus puentes sobre el Sena. A pesar de todo eso, aún había algo que me faltaba conocer de forma apropiada. No solo quería acercarme a verla sino que también quería sentarme a los pies de aquel icono tan grande de París a tomar un buen vino. Pero tristemente no hubo una tarde, ni una noche que no lloviera. A pesar de esto estaba decidió a no dejar París sin tomar ese vino bajo la Torre Eiffel.

Llegó el último día y teníamos que estar en el aeropuerto sobre las quince horas. Únicamente podía cumplir ese sueño si dejábamos el hotel bien temprano eh íbamos directamente hacia la Torre cargando las mochilas, para luego ir desde allí directamente al aeropuerto. Amanecimos con un día gris y con pronóstico de lluvia, pero aún así no perdimos las ganas de ir hasta allí; preparamos las mochilas, desayunamos algo rápido y nos fuimos en metro hasta la Torre.

A pocas cuadras de llegar, el cielo comenzó a despejarse, así que sin perder un segundo fuimos a un supermercado a comprar un vino y dos copas. La lluvia se contuvo el tiempo necesario para que podamos sentarnos y brindar, tengo que admitir que fue un momento bastante romántico. Luego, como era esperable, el cielo se cerró y comenzó a llover.

Algo no solamente me dio la oportunidad de estar allí y cumplir ese tan esperado sueño, sino que también me dio la oportunidad de hacerlo acompañado de la chica a la que más quiero.

De vuelta en Barcelona nos pusimos a trabajar con la música nuevamente. Sacamos nuestra octava canción, la que llevaría el nombre del disco, *"Till the end"*.

Esa frase había nacido mientras aún teníamos la empresa con mi hermano. Por lo general lidiábamos con problemas interminables, pero siempre hacíamos lo impensable por solucionarlos, lo dábamos todo hasta el final. Ese es el origen de la frase, *"Hasta el final"*, que decidimos utilizar como nombre para el disco y para esta canción, ya que es una de nuestras canciones con mayor carácter; y se publicó junto con la siguiente reflexión:

> ***"El arma más fuerte del miedo es hacernos creer que no podemos contra él, que somos incapaces de defendernos y vencer. Pero lo que nunca nos enseñaron, la lección que debemos aprender por nosotros mismos, es que somos más fuertes que la suma de todos nuestros miedos. Ninguna batalla se gana sin luchar hasta el final"***

A los pocos días, volvimos a sacar una nueva versión de *"My Garden"*, esta vez en su formato original, acústico y en español. Si bien no va con el estilo que veníamos haciendo, era nuestra canción de referencia desde el día en que comenzamos el proyecto. Así que decidimos publicarla en el aniversario del tema original. Como con las otras canciones, a esta también la acompañó una reflexión:

> ***"Cuantas veces te encontras en un lugar del que nunca quisieras volver, ese lugar soñado donde pasarías días y días… pero siempre llega la hora, el momento donde tenés que volver a la rutina, a las obligaciones, a lo mismo de siempre, ese maldito viaje… esa maldita hora de volver a mi jardín"***

Pasadas dos semanas y pasado mi cumpleaños en cuarentena recibí otra sorpresa, un compañero de mi antiguo trabajo de Uruguay estaba por Barcelona llamándome para vernos. Una persona que me acompañó desde mi primer día en mi primer trabajo en el año 2010, con el que compartí no sólo muchos años en lo laboral, sino que también una gran amistad.

Álvaro estaba de visita con ganas de juntarse a brindar por mi cumpleaños, por el reencuentro y por todos los años de amistad. Sin duda fue una muy linda visita.

Quedamos en encontrarnos en un centro comercial cerca de casa, él estaba con su hijo ya enorme de unos quince años. No los veía desde hacía dos años, y quizás cuando te encontras viviendo tan rápidamente perdés la noción del tiempo, por eso al verlos tan cambiados adquirí de golpe conciencia sobre el paso del tiempo. ¡Su hijo tenía casi mi altura!

La visita más esperada

"Mañana va a ser un gran día te lo digo yo"

No te va gustar

Para contarles este último capitulo debo hacerlo desde el comienzo, para ellos es necesario que volvamos en el tiempo a noviembre del 2019. En ese momento, nos enteramos que nuestros padres nos vendrían a visitar en mayo del 2020. Entonces coordinamos en nuestros trabajos una o dos semanas de vacaciones para coincidir todos en esa fecha.

A pesar de que ya conocíamos las noticias del virus que por aquel entonces había empezado a propagarse por Wuhan, China; ni nosotros ni nadie podíamos imaginarnos que afectaría a todo el mundo. Así que no consideramos esto como una razón para que mis padres cancelen el viaje. Pero al poco tiempo el mundo entero lo sufría; así que sobre marzo tuvimos que tomar una difícil decisión: pedirle a nuestros padres que posterguen el viaje.

El jueves 12 de marzo nos avisaron que pudieron postergar el viaje para octubre. Increíblemente al día siguiente, el viernes 13, comenzó el estado de alarma casi a nivel mundial, y con él, el confinamiento.

Pasaron los meses y finalmente llego el día. El lunes 5 de octubre a las dieciséis horas nos encontrábamos con mi hermano en el aeropuerto de Barcelona para recibir a nuestros padres.

Puedo asegurarles que volver a verlos después de casi dos años, fue algo indescriptible. Cualquier persona que se encuentre en el exterior durante tanto tiempo sin ver a su familia, entenderá a que me refiero y quizás tenga las palabras justas para describirlo. Yo, lamentablemente, no las tengo.

Ese mismo día también llegó nuestra tía Lita, la mamá de Franco. La mejor forma de celebrar el reencuentro de toda la familia debía ser íntima, todavía no nos apetecía salir a cenar o tomar algo, ya tendríamos tiempo para hacerlo más adelante. Preparamos sándwiches, compramos algunas bebidas y llenamos de emociones y risas nuestra sala.

Algo que me dio mucha ilusión fue el momento en que conocieron a Olena y su mamá. Para esa noche salimos finalmente a chocar copas y volver a brindar después de tanto tiempo. Teníamos tantas cosas para contarnos entre todos, que la noche se hizo interminable.

Esa primera semana salimos a pasear por Barcelona, si bien ellos ya la conocían, no es lo mismo hacer un viaje solos, que compartir destinos en familia. De hecho, no solo estaríamos en Barcelona; también habíamos coordinado un pequeño viaje por Roma y Cracovia.

El siguiente lunes 12 de octubre, sobre las tres de la madrugada estábamos camino al aeropuerto para marchar a Roma.

Sobre las nueve de la mañana arribamos a Roma y fuimos hasta el hotel de una manera épica. Mi padre acostumbrado a manejarse sin aplicaciones ni GPS, nos iba llevando con un mapa impreso donde tenía marcado el camino para llegar al hotel, sin duda fue muy divertido llegar al hotel de esta forma.

Visitamos lugares asombrosos como el Coliseo, El Palatino y El Foro Romano, lugares que sin duda recomiendo conocer y dedicarles un día entero. Al día siguiente de camino a la Fontana Di Trevi, quedamos un par de horas trancados frente al Foro Romano, porque estaban grabando algunas escenas de la película Misión Imposible 7, recuerdo que pasamos un rato para ver si aparecía Tom Cruise, pero jamás apareció.

Al culminar ese día, ya volviendo al hotel, un vendedor afrodescendiente se nos acercó pero no para vender, sino para chocarnos los puños. Por supuesto todos le respondimos el saludo. Ese pequeño gesto fue súper importante para él, estaba sorprendido de que lo escucháramos y le dirigiéramos la mirada, en vez de bajar la cabeza y evitarlo. El hombre nos regaló una pulsera a cada uno y no nos dejó pagarle, mientras nos decías las siguientes palabras:

"Ustedes blancos americanos y yo negro de África y no racista, gracias! No racista"

No nos damos cuenta que muchas veces evitando o ignorando a las personas podemos causarles mucho daño. A veces, con pequeños gestos o simplemente siendo respetuosos o educados al responder un saludo, podemos levantar el ánimo a alguien que lo necesita.

En mi cabeza era algo totalmente extraordinario estar con mi familia tan lejos de Uruguay. En primer lugar, desde niño todos esos destinos turísticos e históricos me parecían inalcanzables; durante toda mi vida creí que vería al coliseo Romano o a la Torre Eiffel solo en fotos. En segundo lugar, se me hacia aún menos factible visitar esos lugares con mi familia. Pero estaba allí con ellos, fue difícil aceptar que todo lo que siempre creí imposible, era un límite que solamente estaba en mi cabeza.

Salimos de Roma por la madrugada, tuvimos una escala de cuatro horas en Ámsterdam y por la tarde llegamos a Cracovia, una ciudad que en octubre estaba congelada.

No había abrigo o cantidad posible de ropa que nos quitara el frío. Todas las mañanas salimos con todos nuestros abrigos y aún así nos congelábamos. A pesar de esto, tengo que reconocer que la lluvia y el frío le dieron un toque especial a esta ciudad con tanta historia.

Otra cosa que me gustó de Cracovia, y que me recordó a Budapest, fue que es una ciudad muy económica. Nuevamente sentí la misma sensación que en Berlín, me sentía súper cómodo en la ciudad mientras paseábamos, como si estuviera en mi ciudad, la mayoría de personas sencillas que tampoco te hacían sentir turista.

Al volver a Barcelona, finalmente me realicé un tatuaje que hacia tiempo venia pensando en hacerme. Mi padre me había ayudado con el diseño, y pensé que sería una buena oportunidad hacérmelo antes de que se vaya, para que lo vea terminado. En ese momento mi madre me confesó que desde hace años tenía ganas de tatuarse, pero le costaba superar el miedo y el prejuicio a su primer tatuaje. Me mostró sus ideas y una semana después la pude convencer de que lo hiciera. De esta forma fuimos ambos con mi tatuadora de confianza a plasmarnos nuestras ideas. Fue un honor para mí, poder acompañar a mi madre en esta experiencia.

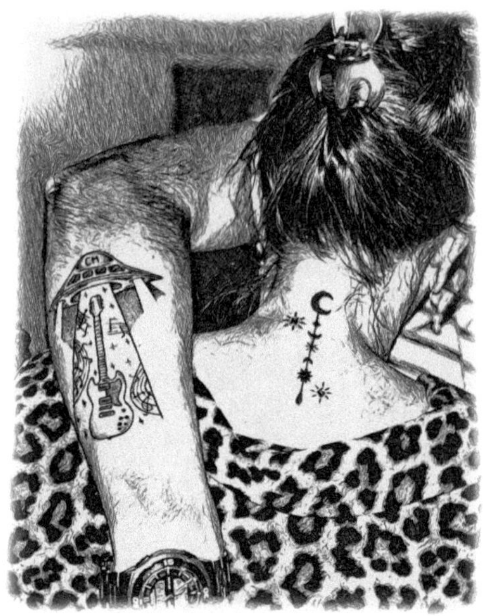

Unas semanas más tarde, luego de casi treinta días increíbles, se acercaba el peor momento: la despedida.

Para poder volar a Uruguay, la aerolínea les exigía un resultado negativo de una prueba PCR, luego en Uruguay, el gobierno les exigía otra prueba más. Así que dos días antes del vuelo se fueron a hacer la primera prueba.

Unos días antes, mi tía había regresado a Uruguay sin ningún problema, su primer test había dado negativo. Pero los problemas empezaron cuando se hizo la segunda prueba obligatoria en Uruguay, esa le dio positivo, tenía COVID-19. Al enterarnos de esto todos nos paralizamos, existía la posibilidad de que lo haya contraído durante el viaje de regreso, pero también podría haberse ido de aquí ya con el virus. Caso en el cual, todos podríamos estar contagiados. Todos nuestros planes podrían verse seriamente afectados.

Tanto Nicolás como Franco y yo fuimos corriendo a hacernos la prueba rápida que daba el resultado en el momento. A pesar de aún no tener síntomas, los tres dimos positivo. El resultado de nuestros padres estaría disponible al día siguiente, pero no teníamos dudas de que serían positivo. Y efectivamente, así lo fue. De esta forma vivimos dos semanas de cuarentena familiar en Barcelona, una anécdota de la que nunca nos olvidaremos.

El lado bueno era que tendríamos más tiempo para disfrutar de nuestros padres, compartiríamos muchas horas de películas, series y, la mejor parte, comida de mamá.

Todo el que se aleja de sus padres, ya sea porque se muda solo o se va a otro país, siempre extraña la comida de su hogar.

Durante el transcurso de la enfermedad, afortunadamente ninguno tuvo graves síntomas. Luego de transcurrir los catorce días recomendados nos dieron el alta médica. Nuevamente, dos días antes de su regreso, mis padres volvieron a realizarse el test para poder viajar.

Pero como estamos acostumbrados, y como ustedes ya se enteraran, todo lo que vino a continuación se dificultó en extremo.

Su vuelo estaba reservado para el viernes 20, así que el miércoles 18 fueron al laboratorio al amanecer, calculando que si se hacían el test bien temprano, quizás tendrían el resultado el mismo día. Pero no fue así, transcurrió todo el miércoles y no tuvieron noticias. También transcurrió todo el jueves y tampoco tuvieron noticias… y así llegamos al viernes, el día del vuelo, sin saber todavía el resulto de la prueba.

Nuestros nervios eran brutales, había que armar valijas, confirmar el vuelo y al menos nosotros poder despedirnos, pero seguíamos sin saber si podrían viajar o no.

8 horas antes del despegue…

Era la hora del almuerzo y aún no teníamos noticias del resultado; quién iba a poder comer con ese un nudo en el estómago y esa ansiedad, se preguntarán.

Mientras tanto, yo me encontraba trabajando, aprovechaba cada momento en el que tenía un respiro para ver si habían novedades, y desesperado por irme para estar con ellos.

6 horas antes el despegue…

Mis padres ya habían ido dos veces hasta el laboratorio para preguntar si tenían el resultado; tantos eran sus nervios que no se les ocurrió llamar o ver el email, aún tenían la esperanza de que el resultado estuviera pronto aunque no se los hayan informado.

El miedo más grande estaba en que en caso de ser positivos nuevamente, tendrían que quedarse otras dos semanas de cuarentena en Barcelona.

5 horas antes del despegue…

Sin prestar atención a nada que nosotros podamos decirles, y sin tampoco importarles cuantas veces lo hicieran, fueron por tercera vez al laboratorio. Supongo que la necesidad de hacer algo y moverse era superior a cualquier otra cosa que pudieran hacer. Por suerte lo hicieron, por suerte no se quedaron quietos en casa lamentándose, porque esta vez el resultado si estaba pronto. Y tuvieron la única noticia que podía aliviarles todas esas horas de espera: ¡un resultado negativo!

Lo más importante era que ya tenían el resultado para volver a Uruguay. Aún les quedaba algo muy importante que hacer, comprar el pasaje, porque hasta ahora solo tenían una reserva en una agencia de viajes. También debían preparar la valija.

En ese momento recién estaba saliendo del trabajo, tratando de dirigirme lo más rápido que podía a casa, así los podía ayudar a terminar de preparar todo y estar con ellos.

4 horas antes del despegue…

Luego de confirmar el pasaje con la agencia de vuelo, armaron las valijas, pero les quedaron pasadas de peso.

Ahí recordamos que al irnos de Uruguay con mi hermano tuvimos el mismo problema. Para no tener que dejar nada, mi madre nos prestó su bolso preferido, pero nos dijo:

"Me encanta este bolso, se los presto, pero cuando los vea me lo devuelven"

Parecía increíble que nosotros le devolviéramos su bolso por el mismo motivo casi dos años después que ella nos lo prestara. Durante todo ese tiempo, lo conservamos guardado y sin usarlo.

3 horas antes del despegue…

Nicolás había preparado una pequeña torta y tenía algo para beber, la idea era poder brindar por los días vividos y hacer una pequeña despedida. Brindamos, comimos algo y fuimos a la terminal Sants para tomar el tren y llegar al aeropuerto.

2 horas antes del despegue…

Como restricción por el COVID, el aeropuerto había prohibido la entrada de visitantes, así que tuvimos que despedirnos en la puerta.

Nuestro viaje había llegado hasta ahí con ellos, nos debíamos despedir en la puerta luego de los increíbles días que habíamos pasado. Conversamos otro poco y nos dimos un fuerte abrazo, sin ganas de soltarnos, y despidiéndonos con la esperanza de volver a vernos el próximo año.

A toda aquella persona que aún está en duda de si quiere realizar o no un viaje así, mi consejo es que si puede, que lo haga. El momento es ahora, uno nunca sabe qué es lo que pueda llegar a pasar.

Nos solemos preguntar *"¿qué pasa si me voy?"*. Pero también hay que preguntarse *"¿qué pasa si me quedo?"*.

No importa que nos equivoquemos o que no nos resulte, obviamente siempre vamos a querer que todo sea color de rosas, y que todo salga según lo planeado, pero aunque no sea así, vas a ganar muchísimo en experiencias, conocerás lugares y personas increíbles. Te encontrarás frente a muchísimas situaciones en la que no vas a saber cómo actuar, pero necesariamente vas a tener que decidir vos mismo y solo vos vas a ser consciente de eso.

Te van a pasar mil situaciones, pero todo esfuerzo siempre vale la pena, toda aventura y experiencia, ¡siempre vale pena!

Pero lo más importante de todo, en caso que bajes los brazos o te veas obligado hacerlo, cuando vuelvas a tu país, a tu hogar, todos van a estar esperándote con la mayor sonrisa y con un fuerte abrazo y nadie va a reprocharte nada, porque de seguro lo diste todo, y al final, eso es lo que importa.

¡Por otro lado, si lo que tenes en mente es un libro, un proyecto o un emprendimiento, el momento de hacerlo y luchar por eso también es ahora, no lo dejes para mañana, no esperes a que pase algo, simplemente hazlo, porque nadie va a hacerlo por vos. Estudia, prepárate y ve por ello porque muchas veces no lo queremos entender o creer, pero los limites, casi siempre, solo están en nuestra mente!

Este libro no hubiera existido si yo no hubiera dejado de lado mis miedos o si hubiera creído continuamente en mis limitaciones. Simplemente lo empecé y dediqué todo mi esfuerzo y energía a terminarlo de la mejor manera posible. Puede que no sea el mejor escritor y puede que este libro no sea perfecto, pero aún así es más de lo que hubiera podido hacer si creyera en mis límites. Nada.

También hay que recordar que uno no está solo, ni en su vida, ni en sus proyectos. Así como hubieron magníficas personas que nos ayudaron a salir adelante durante esta experiencia y que se transformaron en personajes en este mismo libro, que además de ser protagonistas en mi vida también lo fueron en estas páginas, también hubieron otras personas que colaboraron con este proyecto. Además de ser personajes fueron también autores.

En estas imágenes, muestro como fue creciendo poco a poco nuestro proyecto, Thomas Coke.

En la primera foto se ve como comenzamos en Uruguay.

La siguiente imagen muestra como fuimos montando nuestro home estudio en la casa de Juan cuando llegamos a España, con las primeras inversiones en Barcelona.

Así es como trabajamos en la casa de Pepi, allí podíamos contar con un escritorio más espacioso donde podíamos poner el resto de los materiales y equipos.

Por último, en esta imagen se puede apreciar como estamos trabajando al día de hoy, sumando más herramientas, y continuando estudiando para seguir mejorando en lo que tanto nos gusta.

Este fue un breve relato de mi experiencia como emigrante. Pese a todo lo que hemos vivido con mi hermano, el balance de cosas positivas que me está dejando esta experiencia es insuperable, y sigo feliz por haber tomado esta decisión; estoy muy alegre por todo lo que pude conocer, vivir y todo lo que aún me queda.

Gracias por haber leído este libro, algo que comenzó como notas del móvil en los días de cuarentena con la familia, y con ayuda de familiares y amigos se hizo realidad.

A quien quiera conocernos un poco más, puede encontrarnos bajo nuestro nombre artístico, Thomas Coke, en Spotify, Instagram, Facebook, y YouTube, entre otras.

Pueden escuchar nuestra música en Spotify escaneando el siguiente código.

Epilogo

No quería terminar este libro sin mencionar un acontecimiento que supongo va a ser histórico para toda la humanidad. Como hablaba en los últimos capítulos, la pandemia llegó y avanzó hasta tener el control mundial. El trabajo y esfuerzo de la comunidad científica, logró que en poco tiempo pudieran desarrollar varias opciones de vacunas para calmar la situación. A finales del pasado año comenzó la vacunación masiva y con ello la lenta vuelta a la normalidad. En la siguiente imagen dejo uno de los momentos que seguramente recordemos todos durante generaciones.